孙冰川

闲窗微信

生活·讀書·新知三联书店

Copyright © 2017 by SDX Joint Publishing Company. All Rights Reserved.

本作品版权由生活・读书・新知三联书店所有。未经许可，不得翻印。

图书在版编目（CIP）数据

闲窗微信 / 孙冰川著．—— 北京：生活・读书・新知三联书店，2017.6
ISBN 978-7-108-05955-0

Ⅰ．①闲… Ⅱ．①孙… Ⅲ．①随笔－作品集－中国－当代
Ⅳ．① I267.1

中国版本图书馆 CIP 数据核字 (2017) 第 085688 号

特约编辑	钟　韵
责任编辑	邵慧敏
封扉设计	朱丽娜　张　红
责任校对	张　睿
责任印制	卢　岳
出版发行	生活・讀書・新知 三联书店
	（北京市东城区美术馆东街 22 号）
邮　　编	100010
网　　址	www.sdxjpc.com
经　　销	新华书店
排版制作	北京红方众文科技咨询有限责任公司
印　　刷	北京隆昌伟业印刷有限公司
版　　次	2017年6月北京第 1 版
	2017年6月北京第 1 次印刷
开　　本	880毫米×1230毫米　1/32　印张 5.125
字　　数	123千字
印　　数	0,001—5,000册
定　　价	35.00元

（印装查询：010-64002715；邮购查询：010-84010542）

目 录

自序 …………… 1

半懂不懂读《坛经》……………… 3
一件袈裟的争夺战 …………… 8
神秀败选之后怎么样了？…………… 14
说说禅宗的一指禅 …………… 18
孔子做官记 …………… 21
子贡有条三寸不烂之舌 …………… 25
藿食者问政的老故事 …………… 29
愚公告状的故事 …………… 32
话说"猛狗现象" …………… 34
说不清的君子气节 …………… 36
君子之忠与小人之忠 …………… 39
我喜欢的狂人们 …………… 45
汉朝狂人赵壹的事 …………… 50
姜子牙的名字和钓鱼的事 …………… 56
说说海昏侯的那些事 …………… 61
"白马非马"与为人民服务 …………… 64
诸葛亮、空城计与三十六计 …………… 67

诸葛亮说的"贤臣"们 …………………… 71
关于"贤臣"的补白 …………………… 76
诸葛亮的短板 …………………… 81
聊聊失街亭里那个王平 …………………… 86
管不住嘴的贺若弼 …………………… 91
中唐俊伟有刘蕡 …………………… 94
唐三藏长啥模样？ …………………… 100
孙悟空的服装秀 …………………… 104
李煜是怎么当国主的？ …………………… 108
石敬瑭为什么给人当了"儿皇帝"？ …………………… 113
朱元璋培养接班人的遗憾 …………………… 119
纳谏这事也贵在坚持 …………………… 125
我的发型我做主 …………………… 129
欣赏是我自己的事 …………………… 134
古诗《公无渡河》的魅力 …………………… 137
我很丑但可以很优秀 …………………… 142
古代美男子的那些事 …………………… 145
"勾当"与"行走"的学问 …………………… 150
和尚那地方其实不叫庙 …………………… 153
你的手串儿开光了吗？ …………………… 156
太监、宦官是一码事吗？ …………………… 159

自　序

退休几年后，开始操心脑子会越来越迟钝，担心不知道何时会老年痴呆。朋友劝我可以写点文章来活动大脑，知我心的女儿则半强迫地要我"跟时代"，具体地说就是玩手机微信。二〇一五年四月底，女儿给我换掉老旧手机，帮我建了朋友圈、朋友群，我开始以键代笔，在圈里群里发微信文章。过去几十年读过的书，在脑子里积淀了一些小题目，就开始敲成千字左右的微信小文章，陆续发出后，没想到竟得到圈里群里朋友们一个劲儿地点赞支持鼓劲，摇旗呐喊助阵，就连续写了下来，自称为《冰川随笔》系列，并将之比喻为在微信的"菜园"里种菜。每日读书查资料和写作，我的退休生活好像又开始了一个新的春天，四个多月，竟连续发了百余篇微信小文章，一时之间，真有点"春风得意马蹄疾"的意思。那些微信文章，以读书笔记为主，也有少量生活回忆。后来，承蒙热心朋友帮忙推荐，一个出版社同意选出一百篇结集出版，书名就叫《我的种菜歌》。

更没想到的是我对这种事也上瘾，虽然确实觉得累，但又似乎还没有过完瘾，就又开始继续写。这回写得慢了，一周左右一篇，但篇幅长了，许多都在三四千字，内容则还是以读书所得为主。悠悠一年，检点一下，又写了五十余篇，并自称为《冰川絮笔》系列。网上朋友们对这个名称挺认可，说"絮"字用得不错，有点

"柳絮因风舞"的意境，随意发声，自我潇洒。我也没去解释。其实自己起名时想的是絮絮叨叨的"絮"，是说自己也不管人家爱看不爱看，只是自顾自发文絮叨。我心里也明白，朋友之间点赞、评价，都有给面子的成分，真实的质量，是要打折扣的。可能已经有不知多少朋友觉得我是在絮絮叨叨，人家只是不会明说而已。

毕竟是敝帚自珍，现在我又从这些微信文章中选了三十余篇，想再结集成书出版，书名就想能再吸引人一些，因此我把这本书起名为《闲窗微信》。古诗文中多有使用"闲窗"这词的，什么"暖日闲窗映碧纱"（欧阳炯），什么"小院闲窗春已深"（李清照）之类，大都是表现一种人去楼空的寂寞感。我不是这个意思。我把闲窗二字用入书名，是认为符合自己的现实生活。自己从年轻时就爱读书，学习成绩一般般，课外杂读很勤奋，沾点寒窗苦读的意思。现在退休了，闲人一个，读书依然是自己退休生活的一个组成部分。也就是说，读书这面窗还在，但已不是寒窗，而是一面闲窗了。这个"闲"字，也是退休生活的一种境界。公然打出"闲"的旗号，我觉得这不是生活态度消极。人老了，衣食无忧，奉公守法，少给社会添麻烦，保养身体，少给子女添麻烦，读点书写点文章，享受闲适的生活，挺好。况且我们有自己几十年的沧桑经历，有对生活比较成熟的经验认识，把这些东西融入文章中发到网上，也许会对年轻人有所裨益，这不也是件挺有积极意义的事吗？至于将"微信"二字写入书名，则是觉得时髦。

说起写书，我只是个菜鸟。这本小书能够出版，全赖出版社编辑同志的热情帮助，付出极大的心血与汗水，逐篇地从标题到内容，从段落、字句，到标点符号，一一指教修改。我衷心地表示感谢。

孙冰川
二〇一六年十月于北京

半懂不懂读《坛经》

最近看了六祖惠能的《坛经》，因为听人说，禅宗六祖惠能大师的思想理论主要体现在这本经里。而且，《坛经》是佛教中独一无二的、由中国僧人著成并尊为"经"的作品。《坛经》署名是惠能，但内容其实是弟子们把他授课的内容加以整理编辑而成。六祖惠能大师自己其实是个文盲，不识字。

《坛经》里面有历史故事，有理论观点，有实践体会，还有像记者招待会一样的现场提问和回答，语言也比从梵文译来的佛经通俗生动，挺有意思。有人说，现在觉得自己有点文化的人，都会看点有关佛教的书，这是时髦。我于是也开始学着看点，因为除了附庸风雅或表现时髦外，听人说还可以从中占点有益修身养性的便宜。看了，我却不敢说把《坛经》看懂了，但也没什么可不好意思的，反正佛教就是这点好，只要你不是存心诋毁亵渎，理解错了，说得不对，佛门中人也不会出来跟你计较或对你瞋目怒视。

中国佛教本源虽在印度，但历经两千多年已扎根中国，并长成了一棵中国化的、体系完备的大树，其根之深、叶之茂，早超过了本来的发源之地。这禅宗虽然也是印度人达摩祖师来华后开创的，但却是到了六祖惠能大师悟出了一首"菩提本无树，明镜亦非台"的顺口溜，然后理论体系才逐渐完备，并广为学佛者接受，在中国大行其道。现在禅宗已经是中国佛教八大宗派之一了。

读《坛经》首先长人见识的，是惠能的"顿教法门"理论。

佛教讲悟道成佛，悟道的途径，又可分为"顿悟"与"渐悟"两种方法，对立统一于一个"悟"字之中。禅宗以前的佛教，好像是偏重渐悟，强调要苦修，要成天打坐，要捧着经典苦读苦思，要积德行善，就像一个人爬山，一步一步行，功德渐厚渐深，一层一层成果，达到解脱轮回、达到罗汉果、达到菩萨位，最后修到所谓功德圆满的最高峰，悟道成佛。可想而知，这不仅是个技术活，还必定是个苦活累活（要说也是，成佛哪能是容易事）。这样一个过程，被称为"渐悟"。

《坛经》里惠能大师讲的"顿教法门"，则更强调了"顿悟"，这可是一种有创新的思想。所谓顿悟，惠能认为对于学佛素质好的人，悟道可以并应该是一件"刹那间，妄念俱灭"的事，是"一悟即知佛"的事。这个"悟"，不是渐行渐悟，而是豁然大悟，带有突发性的悟（看起来，好像比渐悟省事）。从惠能在《坛经》中自述的悟道历史可知，他能得正果，不是靠长期打坐和苦思。惠能原本俗姓卢，自称本是范阳人，因父亲被贬官，全家到了岭南新州，父亲死后，又移居南海，艰辛贫乏，卖柴为生，而且他还是个文盲，不识字。有一天在卖柴的官店前，"忽见一客读《金刚经》。惠能一闻，心明便悟"。这事是有点神——一个不识字的卖柴穷小子，听人读了几句《金刚经》，就悟了，好像爬山人才一举步，未历艰辛，却已超越险途，到了山顶。也就是说，不是从量变渐达质变，而是发生了突变，直接升华，这不就是典型的顿悟吗！当时惠能听客人念的是《金刚经》的哪段内容呢？《坛经》里没说，但历史上有多种说法。《五灯会元》一书中说，听到的是"应无所住而生其心"这一句。在悟了之后，惠能才去了黄梅冯茂山，出家投入禅宗五祖弘忍大师门下。

五祖弘忍大师初见惠能，还有些看不上眼。听惠能说自己是岭南人，便道："汝是岭南人，又是獦獠，若为堪作佛？"（你是偏远的岭南人，又是没文化、不开化的人，怎么能成佛？）惠能当即答道："人即有南北，佛性无南北；獦獠身与和尚不同，佛忄生有何差别？"这一句话就把弘忍噎住了，他哪里知道这位"獦獠"居然是已经悟了的有道青年。然后弘忍把惠能派在庙里干杂活儿，在碓房"踏碓"八月余，更想不到踏碓的惠能又悟出了那首"菩提本无树，明镜亦非台。本来无一物，何处染尘埃"的诗偈（此偈古书不同版本，词句多有不同，也有专家认为是后人编造的，恕不细辨）。五祖弘忍欲选接班人，令弟子们都呈上一首偈子以考查修行程度时，惠能并不在考查之列，他是托人把自己的偈子偷偷写到了墙上。一首偈子产生了一个佛门宗师。弘忍大师见了此偈，才改换了原来欲选的接班人，偷偷把衣钵传给了惠能，成就了禅宗六祖。

要说明的是，惠能提出的这个"顿教法门"，并不是要否定渐悟，而是改变了以前人们不认识"顿悟"、不重视"顿悟"甚至否认"顿悟"的状况。他认为从根本上来说"法无顿渐"，但是人的认识能力有利钝，对于学佛迟钝之人，应该用"渐劝"的方式，而对于佛性聪敏的人，那就是"顿修"而成。

六祖惠能的"顿教法门"为什么说学佛悟道可以不必渐悟，而是可以顿悟呢？这源于他对成佛的"佛"字意义的理解，这一点十分精彩。

惠能认为，佛教要修行成佛的这个"佛"，不是指释迦牟尼这个佛祖，不是一个外在的偶像，而是人的一种本心的境界。所谓成佛，就是指回归每一个人自己的清净本性。历史上人们曾为人之初"性本善"还是"性本恶"争论不休，而惠能的思想，则可以说是认为人之初"性本佛"的。所谓"菩提般若（觉悟智慧）之知，世人本自有之，即缘心迷，不能自悟"，即人生之初那个本性就是纯洁干净的佛性，只不过是在世俗生活中被脏的、坏的、罪恶的东西污染了。修行，就是要把人心洗净，回归本来的清净本性。而悟道成佛，就是明白了这个道理，回归了清净本性，就是成了佛了，"识自本心，自见本性"。佛教有句话，说"普度众生"，但惠能告诉信徒，这不是佛来度你，而是人要自己度自己。他在《坛经》里说，我惠能度不了你们，只能是你们"各于自身自性自度"，以正度邪、以悟度迷、以智度愚、以善度恶、以菩提度烦恼，努力回归自己的清净本性。惠能说："自性迷，佛即众生；自性悟，众生即佛"，这话十分精辟。人本是佛，但心被迷了，就成所谓众生了，而一旦修行觉悟了，众生就是佛。他形容顿悟的过程，"自性常清净，日月常明，只为云覆盖，上明下暗，不能了见日月星辰。忽遇惠风吹散，卷尽云雾，万象森罗，一时皆现"。

惠能对佛教徒理想的西方极乐世界的解释也非常有新意。《坛经》中记载，惠能大师正式讲课之后，又回答了信徒的提问。在座的一位官员问："我见人们总念阿弥陀佛、阿弥陀佛，希望死后能去西方极乐世界。这事您怎么看？"惠能回答说：那都是心迷之人的说法，无非是因为佛法是从释迦牟尼佛祖所在的西方传来，便以佛所处的地方为净土，为极乐世界。真正悟道之人，要追求的是自净其心。释迦牟尼说过，"随其心净则佛土净"，心性净了，所谓极乐世界的西方就近在眼前，心性不净，天天念阿弥陀佛也去不了。"你们要是明白了我说的顿悟法门，见西方只在刹那。"于是，惠能还为听课的信徒们演了一出"行为艺术"，他说："惠能与使君（即那位提问的官员）移西方刹那间，目前便见，使君愿见否？"那位官员连说愿意。没想到，稍一停顿后，惠能大师就说："你们已经见到了,下课!"大家都愕然不解。惠能便说:"你们自己的身体就是所谓西方极乐世界的城池,眼耳鼻舌身就是五个城门,心就是大地,心性就是那里的国王。""佛是心性作,莫向身外求。自性迷,佛即众生;自性悟,众生即佛。你们真要是认真修行做到心性清净、内外明澈了,这不就到了西方极乐世界吗!"这一下,众人才明白了,惠能说的西方极乐世界,就是指人自己的清净本性世界而已。而且,"自性迷,佛即众生;自性悟,众生即佛",这话说得多么精辟,多么意味深长。

说到这些《坛经》里的事,我忽然想到了雷锋。对于从二十世纪六十年代过来的人,说雷锋这位可爱的小青年有一颗清净的佛心,恐怕会有不少人同意。但是,全社会一直都在"学习雷锋好榜样",学了几十年,社会道德风气依然有些不合人意。症结在哪儿?可能就是多数人只是遵从号召、奉命而行,只是把雷锋当作一个外在的偶像来学。雷锋捐钱,我也捐钱;雷锋帮大嫂抱孩子,我也帮大嫂抱孩子;雷锋写日记,我也写日记。学了模学了样,但内心终未觉悟自己就是雷锋。如果顿悟了,人人都知道自己的本性就是雷锋,人人都能自觉回归雷锋那样的美丽心灵,那这个世界人与人的关系将变得多么美好啊!

一件袈裟的争夺战

二十世纪八十年代曾有过一个电影,叫《木棉袈裟》,内容是讲唐朝时佛门禅宗内部关于一件袈裟的争夺战。电影讲的是个已经文艺化的故事,但后来我知道,这场袈裟的争夺战在佛教禅宗历史上确实发生过。被争夺的那件袈裟,是禅宗六祖惠能在唐高宗咸亨三年(六七二年)从五祖弘忍大师手中接班时的信物。

我这人,上了点年纪,很少再去系统地读书,只是常找个由头翻书为乐。既然想到了这段历史,就把它作为一个由头去翻了翻书,觉得挺有意思。

首先要说的是,佛教禅宗历史上确曾有过祖师传位以袈裟为信物的传统,佛门称之为"付法传衣"。其源起,就在佛祖释迦牟尼"拈花微笑"的故事中。据《五灯会元》一书记载,释迦牟尼在灵山会上,拈起一枝金波罗花示众,当时众皆默然,唯迦叶尊者破颜微笑。释迦牟尼就说:"吾有正法眼藏,涅槃妙心,实相无相,微妙法门,不立文字,教外别传,付嘱摩诃迦叶。"然后释迦牟尼至多子塔前,为摩诃迦叶也设下专座,让迦叶坐下,以僧伽梨围之,说:"吾以正法眼藏密付于汝,汝当护持,传付将来。"然后又说了一首蕴意其正法眼藏的偈诗。另有《景德传灯录》一书,则说释迦牟尼在说完偈诗后还说了一些话,"吾将金缕僧伽梨衣传付于汝,转授补处"云云。这样一来,释迦牟尼通过迦叶的一个破颜微笑,确认了迦叶对自己佛法理解的合格,然后开创了一种佛教传法位的模式,给迦叶留下一首蕴意自己正法眼藏的偈诗,再就是传给迦叶一件僧伽梨衣。这样,迦叶正式成为释迦牟尼的接班人,成为佛教所说西天祖师的第二代祖师。这就是后来禅宗"付法传衣"模式的起源,而那件僧伽梨衣就是接位祖师的信物。

所谓僧伽梨衣,其实就是袈裟的一种。简单地说,佛门袈裟可分为"五衣""七衣""大衣"几种。僧伽梨即指大衣,是在特别庄严重大的场合穿的大衣,比如登坛讲经说法时、佛门开民主大会决定重大事项时,或要觐见国王一类重要人物时等等。说俗点,就是佛门的大礼服。

模式虽然是释迦牟尼首创,但是后来的迦叶却并没有再传下去。查《五灯会元》一书,二祖迦叶担任祖师时还提过这件僧伽梨衣。有一天阿难问迦叶:"师兄,世尊(释迦牟尼)传金襕袈裟外,还传了别的什么?"而迦叶却只是说了句"你把门前那个刹竿弄倒了"。别误会,这可不是讲迦叶不愿意理睬阿难,实际上是阿难在请教迦叶,问当年释迦牟尼说要"教外别传"的"正法眼藏"是什么,而迦叶这莫名其妙的一句,则是表示这个"正法眼藏"是"只可意会,不可言传"的,不能说出来,一说即错,也就是佛门常讲的"说不得"。这也犹如当初释迦牟尼拈起一枝花,迦叶懂了,却只是微笑,并没有一句语言的表达。后来,迦叶正式传位给三祖阿难时,也只向阿难宣示了"今将正法付嘱于汝",留了一首偈诗,然后"乃持僧伽梨衣入鸡足山",即自己揣着那件释迦牟尼送的大衣去鸡足山修行去了。再后来,西天共二十八位佛祖的传承中,三祖传位四祖、四祖传位五祖,一直传到第二十八祖达摩祖师,这"传衣"的事也就再没有实行过了。

接下来，这历史就转到了我们中国。西天佛祖中第二十八位祖师达摩大师，在南北朝梁武帝时，到中国来弘扬佛教，并成为东土（中国）佛教禅宗的初祖（第一代祖师）。达摩来时，佛教在中国虽然已经很流行了，但禅宗并无地位，达摩在中国推行禅宗理念也很不顺利。梁武帝是个信佛的皇帝，慕名约见了达摩，但却话不投机，不欢而散。达摩只好又跑到洛阳，在嵩山少林寺面壁九年。在少林寺，达摩遇见了真心崇信其道的僧人慧可，并把祖师之位传给了慧可，培养出这位东土禅宗第二代祖师。他向慧可宣示："内传法印，以契证心，外付袈裟，以定宗旨。……汝今受此衣法。却后难生，但出此衣并吾法偈，用以表明其化无碍。"这说明，达摩祖师的传位，一是传了蕴藏禅宗理念的偈诗，二是恢复了释迦牟尼传授象征祖师地位袈裟的做法。在中国禅宗里，这件袈裟就成了祖师地位的信物，释迦牟尼在印度没有被传承下来的"付法传衣"模式，却在中国又复活了。从此之后，禅宗在中国开始流行壮大，禅宗的二祖慧可又严格照此模式传位三祖僧璨，三祖传位四祖道信，四祖传位五祖弘忍，五祖弘忍传位六祖惠能，这件袈裟自然也就成了禅宗门里地位无上的法宝。既然成了法宝，便难免成为他人觊觎、争夺的对象。

唐高宗咸亨三年，在禅宗五祖弘忍传位给六祖惠能时，禅宗门内终于发生了对这件信物袈裟的争夺战。

六祖惠能，岭南人，是个文盲，卖柴为生，但天资聪颖。他在听人读佛经时感悟到了极深的佛学道理，后投到五祖弘忍大师庙中求法，被分派在碓房干杂活儿。八个月后，恰逢弘忍大师想退休传位。这位弘忍大师真是有创意，他在指定接班人的程序上，加了一个类似"竞争上岗"的过程，即要求每人都写一首偈诗，想摸底看看谁的偈诗最有水平。结果，大家公认弘忍大师的首徒神秀所作的偈诗佛学造诣最高，便初步内定了由神秀接祖师之班。没想到，当时干杂活儿的文盲惠能，后来听了神秀等人的偈诗，却颇不以为然，自己也补吟了一首，并偷偷请人帮忙写到墙上，就是那首著名的"菩提本无树，明镜亦非台。本来无一物，何处染尘埃"。弘忍见此偈见识高超、远超神秀，便改变了初衷，在半夜里私下先把祖师之位传给了惠能。弘忍坚持了禅宗"付法传衣"的模式，对惠能说："以法宝及所传袈裟用付于汝，善自保护，无令断绝。"之后弘忍却又说"衣乃争端"，"受衣之人，命如悬丝也"，即说这是个会引来人们争抢的东西，闹不好会要了你的命。可见弘忍已经预感到自己这次传位一定会引发众徒的不满，要闹出事来。然后弘忍大师嘱咐惠能赶紧回南方去，先隐居起来等待时机，并悄悄地连夜送惠能偷跑了。这一来，真惹出了麻烦事。庙里神秀等人见弘忍选接班人的事忽然没动静了，而惠能又不见了，便去问弘忍，弘忍说："我传位接班的事已经完成了，你们就别问了。"神秀等人知道弘忍是传位给了逃走的惠能后，可就不干了，煮熟的鸭子居然飞了！便指派几百人去追惠能，誓要夺回作为祖师信物的袈裟。

《坛经》和《五灯会元》中讲过惠能当年南逃路上提及这场袈裟争夺战的花絮。他说，自己用两个月的时间南逃到大庾岭时，来夺袈裟的人追了上来。一个俗家姓陈而且出家前当过朝中将军的僧人，在前先追到了岭上，惠能情急之下，干脆将袈裟扔在山石上，自己藏在草丛之中。可奇怪的是，这位俗姓陈的僧人，却从草丛中寻出惠能，并对惠能说："我为法来，不为衣来。……望行者（指惠能）为我说法。"惠能坐在大石上为陈僧人说了一段关于"不思善，不思恶"的法理，陈僧人居然"言下大悟"，当下拜惠能为师，放惠能走了，自己返回迎上后面追来的人，骗说"此地无银"，众人便改路而寻去了。

惠能侥幸逃回老家曹溪，从此隐居不出，又遇到过四次被人寻查的事，干脆躲到山里，混到一队猎人之中避难。一躲竟躲了十五年，待危机已过，才出来以六祖的身份活动。至于弘忍所传的那件袈裟，据《五灯会元》记载：仪凤元年（六七六年），惠能到了南海法性寺，遇见在此讲经的印宗法师。印宗法师觉出惠能佛学造诣非凡，邀请入室谈禅，在询问之下，惠能以真实身份相告。印宗法师大惊起立，执弟子之礼，请惠能与庙中大众见面，并"请出所传信衣，悉令瞻礼"。

这件祖师的信物袈裟最终下落如何呢？惠能并没有再往下传。

我们知道，在禅宗中称号为祖师的只有六位，是到六祖惠能为止。在惠能之后，禅宗只有传人世系，称为法嗣，并分成了"五宗七派"，但不再有祖师称号延续。他不仅不再传这件袈裟，连祖师的称号也没有再传。

六祖惠能的法嗣是青原行思禅师。在选择青原行思为法嗣时，惠能曾对青原行思说："从上衣法双行，师资递授，衣以表信，法乃印心。吾今得人，何患不信？吾受衣以来，遭此多难。况乎后代，争竞必多。衣即留镇山门，汝当分化一方，无令断绝。"这段话的意思是，历来咱们传统是要既传法又传衣，法是让人牢记在心，衣是一个信物。我相信你是个大家都信服的传人，不必再有什么信物证明。这件袈裟，让我受了这么多的苦难，再传下去，肯定还会引起许多不必要的争斗。我将把它留在庙里做镇庙之物，不再传你了。你可以去外面另辟一番自己的天地，继续光大我禅宗的事业。这等于是说，法衣不必再传了，祖师的称号也不必再传了。然后在先天元年（七一二年），惠能大师正式向佛门四众（出家男女二众、在家男女二众）宣布了自己"不付其衣"的决定。这件袈裟的最终下落，是成了惠能自己身后的陪葬物。据《五灯会元》明确记载，惠能大师死后，灵塔建在曹溪，"塔中有达摩所传信衣"。

  我有些感慨。用一件袈裟作为祖师传承的信物，本没什么。武侠小说里江湖门派的掌门，也大都凭这么个东西。但我感慨的是，达摩在中土初传这件袈裟时，禅宗在佛教乃至社会上还没什么地位，那件祖师信物袈裟也没见有人来争。一旦禅宗发展了、壮大了，成了佛门大派，这袈裟就成了香饽饽，即使是在佛门内部，不管是不是真有当祖师的资格，也都忍不住争夺之心，这可是达摩禅师面壁九年也没参出来的事情。再想想我们现实社会中，类似的恶俗不是也很常见吗？

神秀败选之后怎么样了？

一讲到佛教禅宗，人们总是津津乐道地讲六祖惠能，讲惠能大师那首"菩提本无树"的诗偈，讲惠能凭这首诗偈胜过了神秀禅师那首"身是菩提树"，最终得到了五祖弘忍大师秘传衣钵。但有个朋友一天突然问我：那个在竞争中落选的神秀后来怎么样了？这问题还真有些冷门。想当初，惠能未托人把诗偈写到墙上之前，神秀先贴出了自己的诗偈，水平高出众人一筹，已经被内定为五祖弘忍大师衣钵传人。只是没想到，临撞线前旁边上来个惠能，祖师之位转眼成空，难免令其含冤含嗔。现在，我们俗家人拿佛门故事聊天，大多数人只聊惠能这位"冠军"，却很少有人去关注神秀那位"亚军"，这也是一种人之常情吧。所以，我就去查了查书，想聊一聊这位神秀后来的事迹。

历史上关于神秀的记载确实不多。我们从《五灯会元》一书的神秀传记及相关记载可以知道，神秀禅师是河南开封人，俗家姓李。神秀"少亲儒业，博综多闻"，即原来是读孔子书的，而且很有学问。后来神秀立志出家，到处寻师访道，遇到五祖弘忍，佩服至极，觉得"此真吾师也"，便拜入门下，并"誓心苦节，以樵汲（砍柴、汲水）自役，而求其道"，是个有毅力、有恒心、能苦修的好和尚。五祖弘忍对神秀的才能，也都看在眼里并"深加器重"。

后来惠能入寺之时，神秀已经是寺中七百个师兄弟们公认的"学通内外，众所宗仰"的有道高僧，并担任了寺中的"上座"，就是"首席和尚"的意思。

五祖弘忍在选祖师继承人这件事上，玩了把"民主"元素，搞了个诗偈比赛。当时寺中的形势是"咸推称曰：'若非尊秀，孰敢当之。'"即大家都认为除了选神秀，其他人谁也不可能当选。后来半路杀出个惠能，而五祖弘忍更赏识惠能诗偈中体现的禅学水平，便突然改变初衷，选了惠能继任祖师之位。这事要我说，弘忍处理的方式是有问题的。千不该万不该，不该瞒着大家，半夜里偷偷将衣钵传给了惠能，不该指使惠能连夜偷跑回老家去，更不该不向寺中众僧好好解释自己的决定。结果寺里因为不服惠能而炸了窝，还发生了神秀派人一路追到惠能老家抢夺信物袈裟的事。甚至在若干年后惠能在南方重出佛门江湖，神秀的北宗还曾雇人去刺杀过惠能。在《五灯会元》"江西志彻禅师"一条中记载，志彻禅师原名张行昌，是个侠气之人，受北宗之人（未明说是不是神秀本人）之托，"怀刃入（六）祖室，将欲加害"，结果"挥刃者三，都无所损"。张行昌大惊，急忙跪倒在地，哀求、悔过，表示愿意出家。惠能放了他，他也真的去出了家，并在若干年后，又再次回来觐见惠能，正式成为惠能的弟子，并赐名为"志彻"。

"袈裟事件"之后的事，虽然史上记载不多，但足以证明神秀后来在佛教历史上曾创下了辉煌的事业。人们现在说禅宗历史，总是直接讲禅宗在惠能之后没有再传袈裟，而是分成了"五派七宗"。实际上在"五派七宗"之前，禅宗先是分成了"南北二宗"，二宗的区别在于北宗提倡"渐悟"，南宗提倡"顿悟"，这就是当初对垒的那两首诗偈的精髓。惠能跑回福建岭南老家曹溪，隐姓埋名了十五年，无所作为。而北宗却大行于世，神秀就是北宗的领袖人物，实际上成了当时禅宗整体上的领袖。五祖弘忍传位四年之后去世，神秀开始在湖北当阳山玉泉寺说法传教，一时称得上是天下闻名。而所谓惠能的南宗，这时期根本还默默无闻。

神秀的名声大到什么地步？唐武则天久视元年（七〇〇年），信佛的武则天下令，专门派使节将神秀接到了洛阳（唐东京），在宫中专设道场供养神秀禅师，并在其原来说法传教的当阳山建了一个度门寺，以表彰神秀在弘扬佛法上的功德。据说武则天曾要封神秀为国师，但神秀推辞了，这也说明神秀已经成了国师级的人物，乃至"王公士庶皆望尘拜伏"。时任朝中丞相的大政治家、文学家张说也曾经执弟子礼，向神秀请教禅法心要。七〇五年，武则天病重被迫退位恢复大唐国号，继位的唐中宗李显，对神秀也是"尤加礼重"。但又只过了一年，神秀就在洛阳去世了。唐中宗专门对神秀加谥了"大通禅师"的称号，出殡时安排的羽仪法物之盛人莫能比，而且皇帝李显亲自送灵到宫前的御桥，王公大臣和士庶百姓则将神秀法体直送到葬所。这是神秀为禅宗事业带来的第一个辉煌时期。

以神秀为领袖的禅宗北宗，兴盛之时如日中天。武则天在迎神秀入宫供养之后，还将神秀的同门师兄慧安禅师也接到了洛阳，"待以师礼，与秀禅师同加钦重"。慧安死后被时人尊称为"老安国师"。可见，神秀的北宗当时就出了两个国师级的大和尚。

我想，北宗事业的兴盛，应该是后来神秀不再追讨信物袈裟的原因，他已经不必再靠那件袈裟来证明自己的正统性了。但更重要的原因，还是神秀在后来的修行过程中，也在逐渐理解和接受惠能那首诗偈的理论。据《五灯会元》一书"吉州志诚禅师"条载，北宗兴盛后，神秀弟子们言谈间常常讥笑六祖惠能是文盲，说："能大师不识一字，有何所长！"神秀听到后训斥弟子说："他（六祖）

得无师之智,深悟上乘,吾不如也。且吾师五祖亲付衣法,岂徒然哉!吾所恨不能远去亲近,虚受国恩。汝等诸人无滞于此,可往曹溪质疑。他日回,当为吾说。"这段话是说,六祖具有无师自通的大智慧,悟有佛门上乘之道,我不如他。我师父五祖亲自把衣钵传给他,不是没道理的。现在我就是遗憾离得太远了,不能去当面向他请教、切磋。你们这些人,不应该只围在我身边,可以到曹溪去向六祖请教,再回来和我好好说说六祖的说法。

另外,《五灯会元》在"六祖惠能大鉴禅师传"中记载,神秀去世的前一年,即中宗神龙元年(七〇五年),中宗曾专门派内侍薛简去曹溪迎请六祖惠能赴京城传法,在诏书中说:"朕请(慧)安、(神)秀二师宫中供养,万机之暇,每究一乘,二师并推让曰:'南方有能禅师,密受忍大师衣法,可就彼问。'今遣内侍薛简,驰诏迎请,愿师慈念,速赴上京。祖上表辞疾,愿终林麓。"这证明,晚年的神秀其实已经承认了惠能的禅法,并曾亲自向中宗皇帝推荐迎请惠能来京城传法,只不过这事被惠能推辞了。

据《五灯会元》记载,后来的神秀还曾留下过一首诗偈云:"一切佛法,自心本有。将心外求,舍父逃走。"咱佛门以外的人不敢妄加评论,但听上去大概是说:佛就在人自己心中,学佛只能反躬自省,如果只会向自心之外求佛,那就等于儿子把亲爹都丢了。我觉得这首诗偈写得好,亲切自然但蕴含了高深的禅理,比当初那首"身是菩提树"好,与六祖惠能的那首"菩提本无树"的禅理挺契合的。

但令人遗憾的是,北宗兴盛一度,却在历史上流传不远,传了若干代之后,南宗复兴,北宗就渐渐退出了人们的视野。

至于说有些专家学者否认禅宗历史上这场袈裟之争,认为只是信奉南宗的人编的故事,这我可没资格研究,只能是把我看到的这些资料晒出来与朋友们聊天罢了。

说说禅宗的一指禅

一看题目，会有朋友认为咱这是要谈少林武功。确实，要在大街上随便问个路人什么叫"一指禅"，会有不少人回答是少林寺那个"一指禅"的武功。三十多年前，各种媒体曾经风靡一时地报道过一位海灯法师，说他可以只用一根手指撑起倒立，并称这功夫为"一指禅"。后来，又有报道揭露，说这位海灯法师的一指禅演示其实都是造假。再后来，海灯法师的事不了了之了，但"一指禅"是一种武功的观念并没有被否定，还是喜爱武术的人们所津津乐道的话题，说能用一根手指倒立就叫"一指禅"，差一点的，能用两根手指倒立，就叫"二指禅"。总之，都与少林武功搅在一起。

最近我闲翻书时，发现在佛门典故中确实有个"一指禅"，但却是讲禅理的，与武功无关。两个"一指禅"，一个说是讲禅理的，一个说是讲武功的，孰真孰假，孰是孰非？

先说武功中的"一指禅"。网上资料介绍说，这是"少林内劲一指禅"的简称，练其功能练到手指软如棉又硬如铁，用一指便可悬空断砖。并说，这功古已有之，是当代一位名叫阙阿水的先生将之发扬光大的。阙阿水先生是苏州人，从小入福建少林寺为僧，随师父学得"内劲一指禅"功，解放后又将功法公之于世，一九八二年去世。这些资料言之凿凿，令人不得不信。但我还是有些疑问，一种武功怎么能被称为一种"禅"呢?

什么叫"禅"?丁福保先生所编《佛学大辞典》中有"禅"的条目,解释说这是佛学术语"禅那"的简称。"禅那"则是梵文的音译,原意有弃恶、功德丛林、思惟修习等义。中国佛学主要取的是"思惟修习"和"功德丛林"的意思,属一种"心地定法"。说修这种法的成果,能使修行人达到寂静,所以这种法也名静虑。

我觉得,佛学辞典里的解释,应该是"禅"的本源或本来面目,而且只是一种静思为主的修行方式。佛教是个宗教,原本就是讲信仰、讲哲学、讲人生道理的,属于文科。庙里僧人和尚练武,只是为了强身健体和保卫佛门,至于能不能倒立,手指如何坚硬,乃至能不能练成刀枪不入铁布衫,这与佛门禅理的"禅"没多大关系。我猜想,这应该是佛教盛行之时,佛家词汇也会被社会时髦化,既然是从庙里传出来的武功,也就有人攀附时髦地为之加上了个"禅"字,这恐怕是为了做广告而已。当然,这事只是我自己瞎猜瞎议,也许会让崇拜"少林一指禅"武功的人不高兴吧?

那么究竟什么是佛门正宗的"一指禅"?在《五灯会元》卷四中"金华俱胝和尚"条目中有相关的记载。

俱胝和尚是唐朝人,出家在婺州金华山,是杭州天龙和尚的弟子。而天龙和尚则是禅宗大名鼎鼎的马祖道一和尚的弟子。俱胝和尚刚出家不久,遇到一个名为实际的女尼来寺里,斗笠遮面,见到俱胝和尚,便手持锡杖围着他绕了三圈,然后说:"你能说出这个道理,我就摘下斗笠。"这是佛门问道辩论的一种形式。俱胝根底浅薄,说不出道理来,很受刺激,很是气馁。后来天龙和尚来寺,俱胝就把那件事告诉了天龙和尚,并向天龙和尚请教。天龙和尚没说话,只是竖起一根手指。俱胝和尚一见,突然大悟了,拜入天龙和尚门下。其实,俱胝和尚悟到的是什么,咱也说不清,只见有的书上解释说，这是"万法归一"的意思。按佛教理论说，世界万千，平等无别。而俱胝从悟了之后，凡有人来问道，也总是不说话，只竖起一指以对。佛门中人都说这竖起的一指，里边学问可深了去了，并称之为"俱胝一指"，成为修行事业中的一个经典。

时间长了，跟随在俱胝身边修行的一个小童子居然也学会了这一招。在外面遇有人问，也依样画葫芦地只竖起一根手指作答。俱胝和尚知道这童子是在蒙事，有一天就把童子唤来，袖藏一把刀子，问："听说你也会佛法？"童子说："是。"俱胝便问："如何是佛？"那童子得意地又竖起一根手指。没想到，俱胝和尚此时竟抽出刀来，一刀斩下了童子竖起的手指。童子大哭逃走，俱胝又把童子叫回来，还问："如何是佛？"那童子又要竖手指，却想起手指已经没了。诸君您猜后事如何，这小童子就是在要竖手指却发现已无手指可竖的瞬间，豁然大悟了。对小童子来讲，损了一根手指，悟了禅门真谛，值了。

俱胝后来成了佛门有名的得道高僧，其代表事迹就是以竖起一指的形式诠释自己对禅宗理论的理解。俱胝和尚在去世前，曾对寺中众僧说："吾得天龙一指头禅，一生用不尽。"所以后人也把俱胝和尚对佛教理论的理解，称作"一指禅"。这与练把式、竖倒立的武功还真没什么关系。

助人悟道是好事，但对一个孩子，挥刀斩其手指的做法，也令人心有不忍。佛门中后来也有不少人对此颇有微词。据说，在禅宗谱系上算得上俱胝师叔祖的一位曹山本寂大师就说过，"俱胝承当处卤莽"，即说俱胝和尚是在履行自己的责任，但做法失之鲁莽。当然，不提佛祖"舍身饲虎"的说教，在中国佛教禅宗门中，也早曾有过二祖慧可在达摩面前自己断臂求法的故事，但那毕竟是大人呐。

孔子做官记

孔子是个大思想家,这没得说。弟子将他的语录编了一部《论语》,就成了封建社会几千年来统治者的思想武库,还有人号称半部《论语》就可以"治天下"。孔子又是个大教育家,这也没得说。传道、授业、解惑,号称弟子三千,被尊为"万世师表",他提出的教育思想,至今仍存有极大影响。孔子多才多艺,这更没得说。礼、乐、射、御、书、数,六艺门门精通,真有点超人的架势。

孔子还曾做过官,但在仕途上却大起大落,并不顺利。有人做过统计,说孔子一生求做官,但曾十二次受挫,难展抱负。本人没有考据的本事,只是闲来无事,从《史记·孔子世家》中寻些踪迹。

《史记》记载,孔子出身并不高贵,而是"贫且贱"。但是他"年少好礼",即从小勤奋学习古礼,且行为处事都遵循古礼,因此十七岁时已在家乡有了挺大的名气,成为家乡人教育子女学习的榜样。有位叫孟厘子的鲁国大夫,就说看好孔子,认为他日后必能发达,临死前还叮嘱自己的孩子将来一定要拜孔子为师。至于做官,《史记》则说:"及长,尝为季氏史,料量平;尝为司职吏而畜蕃息。由是为司空。"即给当时鲁国执政的季氏当过管仓库和管牧场的小吏,都做得不错,最后还当上了主管工事的司空。这就是孔子最早的做官经历。但在权贵家中做小吏,明显与孔子的政治抱负相去甚远,可能干了几年,他就不干了。之后孔子开始教书办学,名声渐大,据说还被选中随从鲁国官员出使过周朝朝廷,在这个过程中他的弟子也越来越多。

孔子在家乡办学授徒为业,到三十五岁时,鲁国内政一片混乱。执政的权贵们内战,国家搞得君不君、臣不臣,孔子看不惯,也蹚不起这场政治浑水,便跑到齐国去寻求发展。齐国的景公对孔子印象极好,想重用孔子,但国相晏子和大臣们都反对用这个外来抢食的人,景公也做不了主。孔子在齐国未能被任用,只好又回到了鲁国,专心于学问和教育,所谓"退而修诗书礼乐,弟子弥众,至自远方,莫不受业焉"。

孔子是真想当官,可就是官运不济,二十来岁做过几年管仓库、养牲畜、盖房子的小官,然后就被迫憋在教育界,一憋居然三十年,一直到孔子五十岁,终于被大大地重用了一次。《史记》记载:"定公以孔子为中都宰,一年,四方皆则之。由中都宰为司空,由司空为大司寇。""中都宰",可能相当于鲁国京城的市长,"大司寇"相当于鲁国的公安局长。这回的官当的确实不算小,而且还颇有政绩。鲁国原是周朝一个较弱的诸侯国,在孔子的治理下,也显得渐渐强大起来。

孔子即便做了有实权的大官,仍然敢作敢为。这之后,齐国的景公想讨好渐显强大的鲁国,约鲁定公在齐国的夹谷参加一个促进两国友好的首脑聚会。这时,孔子正暂时署理鲁国的相国工作,于是带着军队威风凛凛随从定公去参会。双方君主见面,登坛落座,互致礼物之后,齐国方面开始献上音乐助兴。孔子是内行,在台阶下一听到演奏的音乐,立刻上前进谏,表示这些音乐都是些"旍旄羽袯矛戟剑拨鼓噪"之声,是"夷狄之乐",不合周礼正规,要求停止演奏。这些演员们当然不干,争执不下。齐景公无奈,只好撤去音乐，换上齐国的宫中歌舞。歌舞上来了，都是景公日常娱乐时的一帮"优倡侏儒"的演出。孔子一看，又一次上前去，对齐景公说，这些优倡之戏纯粹是"荧惑"君王的东西，不合礼仪，这些人都应该杀掉。齐景公还是真怕孔子，又无奈，竟然就下令把这些演员们的胳膊和腿砍掉了，事后还一再向鲁定公赔罪道歉。这事对孔子来讲，确实为维护周礼而风光了一把，也使齐国人领教了鲁国的霸气。但齐国君臣心里可不是滋味。

此事过后四年，即鲁定公十四年，孔子年五十六，由大司寇正式代理了鲁国的相国，得意得一塌糊涂，不出三个月，就杀了扰乱他执政的少正卯。而与此同时，邻居齐国腐蚀鲁国的政治计谋也来了。齐国在"夹谷之会"上看到了鲁国在孔子理政后的霸气，害怕继续发展下去对自己不利，就专门选了八十名歌舞美女、三十匹宝马献给鲁国。这鲁定公在主持国事的季桓子撺掇之下，开始沉醉在美女歌舞之中，一时竟到了三天不上朝、不理政事的地步。孔子劝不了，一气之下，竟致告别政坛，弃官离国出走，"周游列国"去了。

这一次离国出走的孔子，已经是个五十六岁的老人了。外面的世界很精彩，可对于一个外来求仕的老人来讲，也必然是个很无奈的世界。孔子带着自己的一帮弟子，先后到过卫国、曹国、宋国、郑国、陈国、蔡国、叶国、楚国，这一转就是十四年。他到处接触君王，游说权贵，就想找到个能施展自己抱负的地方。也确实有许多国君欣赏他、敬重他，但或者是人家看得上他，他看不上人家，或者是有该国权贵从中作梗，总之就是事与愿违，处处碰壁。一路之上，不仅被冷落是家常便饭，他甚至被人囚禁过，被人追杀过，被人诬陷过，也被逼得说过谎、骗过人。在郑国时，狼狈到被路人形容为"累累若丧家之狗"，孔子也只好"欣然"笑曰："然哉！然哉！"在卫国时，赵国的中牟宰佛肸想叛乱而派人请孔子出山辅佐，孔子居然也动了心,简直就是饥不择食。弟子子路劝阻时,还急得孔子无奈地表示:"我岂匏瓜也哉,焉能系而不食(我可不是个葫芦,怎么能只让人挂着看而不能吃呢)?"这就是想当官,又当不上官时急了眼的孔子。在叶国的时候,有一位荷蓧丈人说孔子是"四体不勤,五谷不分",这话形容得贴切。可知这时的孔子早已失去了当鲁国代理宰相时的气质,看上去,当然就是"书呆子"一个。

  孔子周游列国,到底没能再返回政坛。《史记》载:"孔子去鲁凡十四岁而反乎鲁。"这时的孔子已经是七十岁的人了。虽然鲁国的国君、大臣还是时时来向他请教,但孔子自己是再也不求做官了,即"鲁终不能用孔子,孔子亦不求仕"。晚年的孔子,在做学问上,也变为以研究《周易》为主,读《易》至"韦编三绝",还总说没读够。

子贡有条三寸不烂之舌

子贡即孔子的弟子端木赐，复姓端木，名赐，字子贡。

据司马迁在《史记·仲尼弟子列传》中所说，孔子自称门下有"受业身通者七十七人"（这与所谓"贤人七十二"不同）。这些弟子，司马迁认为，"皆异能之士也"，就是各有本事与特长。比如说德行之美，那得说是颜渊、闵子骞、冉伯牛、仲弓几人；要说处理行政事务的能力，那数冉有和季路两人；说文采，谁也比不过子游、子夏；但是，要说到"言语"，即能说会道、能言善辩、伶牙俐齿，那就谁也比不上宰予（即宰我）和子贡了。

但是，这善言语的子贡和宰予，又是哪个更强些呢？读读《仲尼弟子列传》，很明显，司马迁对子贡的评价要比宰予强得多。在讲宰予的时候，司马迁只用了两百来字的篇幅，而且记载他"利口辩辞"的事迹，居然都是带些负面色彩的，如他在孔子面前如何狡辩和强词夺理，惹孔子不高兴。孔子要复兴周礼，宰予却反对为父母守丧三年的礼制规定，说，守丧三年，那时间也太长啦，什么正事都不干，岂不是把礼、乐的制度建设也耽误了！孔子当面说不过宰予，只能背后大骂宰予"不仁"；还讲宰予性情疏懒，大白天睡大觉，孔子骂他"朽木不可雕也，粪土之墙不可圬也"；还讲后来宰予在齐国做官，参与叛乱被杀，孔子一直以宰予的事为耻。所以说，宰予的所谓"利口辩辞"，无非只是伶牙俐齿而已。

说到子贡，司马迁可就不一样了，足足用了两千多字的篇幅，处处赞誉有加。司马迁说子贡"利口巧辞，孔子常黜其辞"，就是说孔子也常常争论不过子贡，但孔子背后并不骂他，却夸赞他的才能是"瑚琏也"。这瑚、琏都是古代宗庙礼器，是用来比喻治国安邦之才的。对于子贡"利口巧辞"的能力，司马迁则从头到尾、详详细细记载说，子贡有一次就靠自己一张嘴，成功游说了四个国家，取得了辉煌的外交效果。

话说，齐国田氏家族的首领田常想叛乱，便设计用国内反对他的几个权臣的兵力去攻打鲁国，为自己在国内动手创造条件。孔子可是鲁国人，为此忧心忡忡，聚来弟子们问谁能去帮助鲁国解决此事。子路、子张、子石先后请行，孔子都不同意，唯独子贡说去的时候，孔子才答应了。

子贡单枪匹马，先去了齐国见田常。他针对田常攻鲁的内在动机说："'忧在内者攻强，忧在外者攻弱'，您现在真正担忧的是国内那些敌对势力，而派他们去攻打弱小的鲁国，成功后是在给他们增光添彩；应该派他们去攻打强大的吴国，不管成功与否，敌对势力的兵力都会被极大削弱，这才更有利于巩固您在国内的权力。"这一席话说得田常连声称是。但攻鲁的命令已经正式发布，不好撤销。子贡又出主意，让田常先按兵不动，说自己能想办法让吴国为了救鲁国而先来攻齐，这样齐鲁战争自然变成了齐吴战争，齐国还可以以逸待劳。这就算先把齐国攻鲁的势头按住了。

子贡立刻又去了吴国。他针对吴王夫差总想称霸的野心，对吴王说，您要想称霸天下，那就千万别让齐国灭了鲁国，使齐国强上加强，不如赶快发兵攻齐以救鲁，这样不仅能有见义勇为的好名声，而且更削弱了齐国的实力。吴王夫差一听，很对心思，但是担心身边还有个正"卧薪尝胆"的越国会趁机捣乱,想先出兵灭了越国再去攻齐救鲁。子贡说,趁您去越国的功夫,齐国可就先把鲁国灭了,别人还会说您只会欺负弱小的越国而畏惧强齐。我可以去越国,说服勾践也出兵协助吴国救鲁,这样越国就没兵力在背后捣乱了。吴王大悦。

然后子贡立马去了越国。他针对越王勾践"卧薪尝胆"之计说,我劝吴王伐齐救鲁,但吴王担心你们总想找他报仇,不放心,说要先灭了你们越国再救鲁国。越王勾践赶紧请教子贡如何是好。子贡就出主意,说你越国可以主动请求发兵协助吴国一起去伐齐救鲁,成了同盟军,他就不会先来打越国了。又说,吴国国内其实早已民怨沸腾,君臣二心。如果吴王伐齐失败,损兵折将,恰恰有利于越国复仇;如果吴国伐齐成功了,以吴王的贪心性格,必然会乘势再去攻旁边的晋国。我可以去晋国说服晋君和他玩命,让吴国的精锐兵力都消耗在与齐、晋的战场上,那时越国再对吴国动手,必可灭吴而圆自己的复仇之梦。听了子贡的这些话,越王勾践高兴得一塌糊涂,并要以重金酬谢,子贡没要。

子贡从越返吴,告诉吴王越国已经答应出兵全力助其攻齐救鲁,吴王兴冲冲地决定以救鲁的名义发兵伐齐。子贡则急急忙忙又赶去了晋国,告诉晋君,吴国已经发兵攻齐救鲁了,一旦吴国取胜,必然会乘胜势再攻打晋国,出主意让晋君赶快厉兵秣马备战防吴。最后,子贡才返回鲁国,把这转了一大圈的外交成果通报给鲁君,让鲁君安心。

子贡这一场外交活动真累!先游说齐国,再游说吴国、越国、晋国,那时又没有飞机、火车、高速公路,日夜颠簸在木制马车上,这活儿,现在的职业外交官恐怕都干不来。结果呢?他成功了。司马迁记载说,后来吴国果然去攻打齐国了,并大破齐兵,鲁国度过了危机。吴王果然贪心,继续以疲劳之兵去攻晋,结果被晋国打败,从此大伤元气。而三年之后,越国则趁吴国兵败国虚,起兵攻吴大胜,圆了勾践的复仇梦,并逐渐发展成了新一任春秋霸主。司马迁评论说,"子贡一出,存鲁、乱齐、破吴、强晋而霸越","十年之中,五国各有变",极大地改变了春秋全局的态势。就凭这么牛的一张嘴,子贡的言语能力,称为"三寸不烂之舌",绝不过分。

  当然了,子贡多才多艺,除了一张好嘴,更有一个过人的能力,就是经商。他极善经营,司马迁说他做生意"不受命而货殖焉,亿则屡中",就是做生意全靠自己头脑,"亿"就是臆,即对商业行情的猜测、判断,总是很准确。所以子贡有钱,是孔子周游列国的重要经济支柱。子贡如此才华横溢,难怪在《论语》中我们还可以看到这样的记载,说鲁国大夫叔孙武叔曾在朝堂上公开讲:"子贡贤于仲尼。"而子贡自己当然不敢与老师比,只说自己好比一个肩膀高的矮墙围成的小院,而老师孔子才是数仞高墙围成的宫殿,不能比、不能比。可见子贡的谦虚!

藿食者问政的老故事

封建社会是君权专制,国家是皇上的国家,所谓"普天之下,莫非王土,率土之滨,莫非王臣"。所以,管理国家也是皇上自己的家事。但是管理国家又毕竟是个技术活,皇上一个人管不过来,太累,就或聘或雇地找一帮能忠心辅佐、努力办事的臣吏帮他管,形成了一个统治阶级。有关国家管理的事,一般皇上与臣吏们商量就行了,用不着向老百姓汇报。

在中国古代,这个统治阶级还有个小名,叫"肉食者"。那时候生产力低下,吃肉是个挺隆重的事。据《礼记·王制》载:"诸侯无故不杀牛,大夫无故不杀羊,士无故不杀犬豕,庶人无故不食珍。"所以能经常吃上肉,也是统治阶级地位的一个标志,因此古书中常把朝廷和官员们称为"肉食者"。而一般老百姓生活,是以蔬菜为主,肉食只能是照顾老人吃一点,或年节祭祀有大事时才能吃上一点。相应地,一般老百姓就被称为"藿食者"。藿,就是豆类植物的叶子,泛指肉以外的粗劣之食。这都不是什么骂人或讽刺人的话,而是生活的真实写照。

西汉时期刘向所撰的《说苑》一书,其中第十一卷记载了一则战国时期晋国的故事,就是围绕"肉食者"与"藿食者"的关系展开的。说晋献公时,京城东郭有个叫祖朝的草民,上书给献公说:"草茅臣东郭民祖朝，愿请闻国家之计。"就是说想了解一下晋国的国家方针政策。献公派人去对他说："肉食者已虑之矣，藿食者尚何与焉？"意思是，这些国家方针政策的事，是肉食者们考虑的事，你们这些吃豆叶子的藿食者们还掺和什么？这位祖朝先生可能也是个有点文化的人，而且敢于反驳君主的观点，就对着国君的使者说了下面一大堆话。

祖朝说："大王独不闻古之将曰桓司马者，朝朝其君，举而宴，御呼车，骖（即指警卫人员）亦呼车。御肘其骖曰：'子何越云为乎？何为借呼车？'骖谓其御曰：'当呼者呼，乃吾事也，子当御，正子之辔衔耳。子今不正辔衔，使马卒然惊，妄轹道中行人，必逢大敌，下车免（挽）剑，涉血履肝者固吾事也。子宁能辟子之辔，下佐我乎？其祸亦及吾身，与有深忧，吾安得无呼车乎？'"

这段话大意是说：难道大王没听说过那个桓司马的事吗？他早上起晚了，怕上朝迟到，他的车夫一路上吆喝着"得儿驾"赶车急行。这时，在车夫旁边的警卫也开始大声吆喝，让路人避让。车夫不高兴了，用肘撞了警卫一下说，这吆喝赶车是我的事，你瞎喊什么？这位警卫回答说，该喊的事我就要喊，因为这里有我的事。你的责任是赶车，照看好车和马。你不好好赶车，万一有点闪失，马受惊撞到路人，出了大事，到时下车去处理，甚至发生冲突血溅街头，还不都是我的事？到那时，你能放下车马不管去帮我吗？最后倒霉的是我，我当然担心，怎能不大喊让人躲避呢！

讲完以上这个故事，祖朝话锋一转，说："今大王曰：'食肉者已虑之矣，藿食者尚何与焉？'设使食肉者一旦失计于庙堂之上，若臣等藿食者，宁得无肝胆涂地于中原之野与？其祸亦及臣之身。臣与有其忧深，臣安得无与国家之计乎？"意思是说：大王说什么治国的方针政策是食肉者们的事，不必我们藿食者们掺和，就好像说国家这辆马车前进是赶车人的事，与旁边坐车的人无关。可如果你们决定的国家方针政策有了失误，到时首先倒霉，甚至家破人亡的，还不是我们这些藿食者吗？我们担心这些，怎么能不关心国家的大事呢？怎能不掺和掺和呢？这一番话说得还真是理直气壮。

故事的结局，是使者回去把祖朝的话汇报了，献公还真觉得祖朝是有道理的，特地把祖朝诏请过来，俩人谈了三天心，献公还把祖朝当成了自己的老师。

掩卷而思，我觉得藿食者祖朝的观点与肉食者齐献公对祖朝的态度，还确实有闪光点。管理国家，制定方针政策，确实是朝廷里肉食者们的事，但且不说制定出的方针政策会不会出现错误，这些可是事事都牵连着每一个普通百姓的切身利益。国家管理翻了车，首先遭罪的还是老百姓，所以祖朝认为老百姓有权利掺和，朝廷也有责任向老百姓公开，这观点在古代可是够先进的。另外，献公居然接受了祖朝的意见，承认并重视祖朝这些藿食者们关心国家政治的意愿，这态度中就已经有了民本主义的思想。我们知道，民本主义可以说是封建社会政治理论的一个最高点。现代社会已经是民主社会了，人民是国家的主人，政府是代表人民管理国家的机构，制定国家管理的大政和方针政策，要开各种征求意见的会，要开人民代表大会讨论，要向人民汇报，这都早就成了执政的常识。可是古代，那时能有祖朝这样明白自己利益、关心朝廷政策的藿食者，又能有献公这样体谅民意的肉食者，就很不错了。

当然，故事毕竟只是个故事，历史上是不是真有过祖朝这么个人，没处可查。晋献公其人，我们去看《史记·晋世家》中的记载，其人崇尚暴力且好色误国，形象与这个故事中的献公也相去甚远。这是因为西汉刘向编的这本《说苑》，乃是他根据皇家藏书和民间图籍，将先秦至西汉的一些历史故事和传说分类编辑而成，内容性质在历史上早有定论，被称为"古代杂史小说集"，作不得正史看。

愚公告状的故事

说起"愚公",许多人就认为只是指《愚公移山》寓言里那个老头儿,其实不然。"愚公"是古代寓言中一种常用的人物代词,是对愚、笨、呆之人的一种泛指。古人讲寓言时,需要请一位貌似愚傻的人物登场,就会煞有介事地说有个老头,名叫愚公云云。

愚公移山的寓言出自《列子·汤问》。而我在汉朝刘向所著《说苑》一书中则读到了另一位愚公的故事,也想说给朋友们听听。

故事说:齐桓公一次去打猎,追赶一只鹿,追到一个山谷之中。鹿没追到,却看见一个老头。齐桓公问老头:"这山谷何名?"见国君到来,老头恭恭敬敬地说:"就叫愚公之谷。"桓公又问:"怎么叫了这么个名字?"老头说:"这是以我的名字命名的,我就叫愚公。"桓公曰:"我看你的样子,也不像个愚笨之人,怎么会被人叫愚公呢?"老头说道:"咳!就因为我养了一头牛,这牛又生了小牛。我把小牛养大了就卖了钱,又买了匹马驹。别人问我,我就说,是那头老牛给我生了个小马驹。结果村里一个年轻人来了,说牛怎么能生马驹呢,肯定是瞎说,这马驹来历不明!就硬把马驹牵走了,我也没办法。所以村里人都说我傻,管我叫愚公,后来连这山谷也叫愚公之谷了。"桓公一听,哈哈大笑,说:"就凭那个年轻人那么一说,你就把马驹给人家了?看来你也确实够傻的了。"

齐桓公回朝后,又把这个事当笑话讲给相国管仲听。没想到,管仲一听，立刻跪在地上，连连叩首，说："是我这个当相国的太愚笨了。是我的工作没有做好，请您治罪。"桓公奇怪，说这与你有什么关系？管仲严肃地说："您想想，在尧当皇帝，贤臣咎繇为他管司法工作的时候，会发生这种强夺别人马驹的事情吗？即使真有霸道之人想强抢，那时候的老百姓也绝不会让他抢！现在齐国发生强抢百姓马驹这种事，老头又不敢不让他抢，这说明，老头是觉得现在司法不公正，告状也打不赢官司，被抢了也无可奈何。所以是我们的司法工作有问题，我去想办法尽快改进。"

这个故事，写得挺平淡，文字并不精美，但耐人寻味。故事中有三个人物，愚公、桓公和管仲，我想问的是，这三个人究竟谁才是真正的愚笨之人呢？那个名叫"愚公"的老头，见了"庞然大物"的国君，没有怕得哆里哆嗦匍匐在地，而是恭恭敬敬侃侃而谈，分明是告御状来了，其实不傻！相国管仲一听桓公讲的这个事，马上想到自己的工作有失误，匍匐告罪，表示要改进工作，是贤相，也不傻。只有那个桓公，把老头告的御状当笑话听，还说人家老头是傻子，这才真叫是又笨又傻。亏得有管仲这样的贤相辅佐，要不这国家会乱成什么样子！

当然要说明一下，这只是个寓言，历史上的齐桓公可真不是这样的一个傻国君，看看《史记》就知道，他可是春秋五霸的第一位霸主，精明得很！管仲说的咎繇，是尧治天下时的贤臣，也叫皋陶，在尧治天下时负责司法工作，被奉为古代司法界的鼻祖和狱神。而"愚公"这个名字，古人借名来用，好像也有个惯例，如果要讲的是个劳动人民，就叫愚公，如果是要讲个有文化的读书人，即鲁迅写的孔乙己那样的人，就叫"迂公"。如古代笑话集《雅谑》中，就有十多条以"迂公"为主人公的笑话，有心者可以去读上海古籍出版社出的《历代笑话集》一书。

话说"猛狗现象"

俗话常说"酒香不怕巷子深",其实可不一定。战国时代有个非常著名的小故事,说的是齐国的景公问相国晏子:"治国何患?"就是问,国家治理中有什么弊病。面对君主,晏子不能说得太直白,就用另外的事情来比喻。他讲了一个卖酒老板的故事,说:"人有酤酒者,为器甚洁清,置表甚长,而酒酸不售也。问之里人。里人云:'公狗之猛,人挈器而入,且酤公酒,狗迎而噬之。此酒所以酸而不售也。'"这里,"酤"就是买卖的意思,"表"是指这个酒铺的广告招牌。这位老板卖的是好酒,而且购物环境搞得干净整齐,门前招牌醒目高扬,可就是酒都放酸了也不见顾客,做不成买卖。究其原因,是有条家养的猛狗,每天虎视眈眈趴在大门口,见人就咬,谁还敢上门买酒!

我说的这个故事非常著名,在众多古籍中都可以读到,堪称古代经典小故事。上面我引的,是记载在《晏子春秋》卷三中的,题为《景公问治国何患晏子对以社鼠猛狗》。另外先秦的《韩非子》、汉代韩婴的《韩诗外传》、刘向的《说苑》都有相关的记载,《太平御览》《艺文类聚》乃至清朝的《渊鉴类函》等类书中,也都收录有这个故事。

这故事表面上说的是卖酒的生意经,是生活中的道理,但晏子是为回答景公请教"治国何患"而作的比喻，隐含了治国的道理。经营一个酒铺，备下好酒，但门口又放了条咬人的恶狗，就能把买卖和信誉全搅黄了。管理一个国家也一样，也会有类似的弊病。皇上也许是个好皇上，政策也许是个好政策，但老百姓总是不买账，不认账，为什么？很有可能是因为有"猛狗把门"或"猛狗当道"。那些日常管理具体事务的衙门衙役们，拿着国家俸禄，披着权力的虎皮，常常是对上阿谀奉承，对下狐假虎威、欺压良善、横行霸道、鱼肉百姓，所谓"衙门口朝南开，有理无钱莫进来"。在宰相家当个门房，一般官员都对之恭恭敬敬，号称"宰相门房七品官"！这都是古代封建社会体制的通病。这种现象，也不妨称之为"猛狗现象"。

在治理国家的问题上，我们应该常常警惕，千万别让这种"猛狗现象"搅乱了我们的政治。但令人遗憾的是，时至今天，这种"猛狗现象"也似乎并未能绝迹。百姓日常生活中，对社会管理最不满的事情中，似乎还有这种"猛狗"的身影。国家制定的法律、政策，摆在纸面上，怎么看怎么好，但有些就是总也落实不到百姓们的实际生活中。有些机关工作人员、公务人员，威风凛凛端坐在小衙门里，一副"我就是王法"的样子，百姓来办事，"门难进，脸难看，事难办"，该办的事，看你不顺眼，就给你"从中作梗"，甚至来个"歪嘴和尚念经"，就是顶着不办，滥用职权，随意侵犯群众权益。还有那些街头执法的，专门对付摆摊儿的、卖菜的，"吃拿卡要"，以权谋私、执法犯法。这些人确实就是莫名其妙地遗传了那些古代封建"猛狗现象"的基因。

这两年国家对反腐反贪动了真格，那么多部长级的大贪大腐落网了，百姓叫好。但也别小看这种"猛狗现象"，小贪小腐们就是大贪大腐的重要的土壤。

说不清的君子气节

人们常把竹子比喻为君子讲气节的象征，因为这种植物身躯细瘦却刚硬有节，人们便把它的形象与君子讲气节的高尚情操联想到了一起。

说起君子的气节，这可是中国传统文化中君子情操的核心，但似乎也没人给它下过什么科学准确的定义。汉朝刘向所著的《说苑》一书中，专门有一卷题为《立节》，其中有一句话说："士有杀身以成仁，触害以立义，倚于节理而不议死地，故能身死名流于来世。"我很欣赏这个表述，觉得似乎可以算是对君子气节的一种定义。这话是说，不惜自我牺牲以捍卫仁道，不顾个人利益也要彰显忠义之道，为了心中坚持的理念可以不考虑生死，所以被载于史册而流芳百世。能勇敢果断这样做事的人才是有气节的人。

读书人，在寒窗苦读时能立下这样做人、做官的理想，不难；但在读成做官之后，真能勇敢果断地实行这个理念，那就不是个容易的事了。刘向在书中引了孔子弟子子路说过的一段话，说："不能勤苦，不能恬贫穷，不能轻死亡，而曰我能行义，吾不信也。"就是说如果不能受罪吃苦、不能安于贫穷、不能勇于牺牲性命，那是不可能行义的。他还举了几个例子：

春秋战国时吴国伍子胥率兵攻破楚国，将仇人楚平王掘墓鞭尸。而伍子胥的恩人和朋友申包胥在楚国当大夫，国破之后不是去向伍子胥论恩人和朋友之情，而是只身去秦国求援兵救楚。秦王犹豫，申包胥站在宫墙外不吃不喝哭了七天，终于打动秦王出兵。楚国得救，楚昭王复位，重赏有功，申包胥却拒绝封赏，带家人避入深山。这就是个能分清个人恩怨与忠诚国家的关系、讲气节"能勤苦"的典型。

另一个例子，说孔子的弟子曾参，"布衣缊袍未得完，糟糠之食，藜藿之羹未得饱，义不合则辞上卿"，即粗布衣服缝满补丁，吃糠咽菜填不饱肚子，曾有晋、楚等国来请他去做上卿，他不认同这些国君的执政理念，所以都坚决推辞了。这就是个讲气节"恬贫穷"的典型。

第三个例子是殷纣王时的比干、伯夷、叔齐三个人。纣王无道，大臣比干进谏，受到纣王嘲笑，剖心示忠而死；伯夷、叔齐兄弟二人也曾进谏纣王无效，武王灭纣后，商朝灭亡了，二人耻于吃周朝的饭，逃进首阳山中绝食而死。这三个人，把国家理念放在首位，不惜以身殉国，这是讲气节"轻死亡"的典型。

对于这些讲气节的典型，刘向评价说，并不是这些君子们脑袋进水，"好死而恶生"，"恶富贵而乐贫贱"，而是他们心中坚持自己的道义原则，不追求一时的虚假声誉，他们的气节是真正集"忠""信""廉"于一身，所以才能"名传于后世，与日月并而不息"，虽然他们所处的时代是个无道之世，但他们在历史上的气节名声是不能被玷污的。这就是讲气节的君子超于常人的地方。

《说苑·立节》一卷收集了十九个有关君子气节的故事，可见刘向应该是个十分看重君子气节的人，而且他所表达的气节观，在封建社会存在了两千年，似乎没人有什么异议。南宋时文天祥写的那首《正气歌》，现代人也常挂在嘴边，他所谓正气，也就是刘向说的气节。诗中从战国的"齐太史笔"到唐朝段秀实的"击贼笏",举了十二个正气典型,这些典型与刘向收集的事迹在精神上也是一致的。

但是有一点可要承认,古人认为代表君子气节的事例,今人的评价不会完全一致。你说伯夷、叔齐饿死首阳山是讲君子气节,但有人会说,纣王无道,武王正义,为无道之君而死,算什么君子!你说曾子不做官是君子气节,但有人会说,如果君子们都不去当官,老百姓生活不是过得更惨?你说张良椎击秦始皇是君子气节,会有人告诉你,秦始皇统一中国是符合历史潮流的好事,张良之流不过是在开历史的倒车。过去我们崇拜的爱国主义英雄岳飞,也有人会说,金国历史不也是中国"二十四史"之一,本是一家人,当年兄弟相煎而已,别再提什么爱国不爱国的了。

我可不想与谁打嘴仗,这事其实我也说不清,争也争不出个所以然来。但我想说的是,即使郑板桥是封建文人,今天的我依然喜欢和欣赏他画的墨竹。洁白的宣纸上,只有纯黑的墨色在讲述,一撇一撇,把竹叶一丛一丛带着力量展现出来,一节一节,把竹身一枝一枝有力地挺立起来,黑与白在严肃的对立中交融、碰撞,流淌出无声的自我尊严和蔑视人间一切庸俗的骄傲。我喜欢那在随意中刻画出来的刚劲有力的竹节。那竹节并不只属于封建社会。

君子之忠与小人之忠

《晏子春秋》一书，主要讲的是战国时期齐国贤相晏子辅佐齐景公的故事。书中除了晏子与齐景公外，还有一个人的事迹也被记录得十分生动，这人叫梁丘据。梁丘据是齐国的大夫，是齐景公最宠爱的大臣之一，也是齐景公认为最忠心的大臣之一，但他的忠却和晏子完全不是一个路子。这让人读了很感慨。

先说国君齐景公。据《史记》记载，景公名杵臼，本是齐庄公的异母小弟弟。齐国强臣崔杼内乱，杀了庄公，选杵臼当上国君，后人推算，这时杵臼才是个两三岁的孩子，就像后来清朝的宣统一样，是个幼儿国君。对景公这个国君，《史记》有个评价，说"景公好治宫室，聚狗马，奢侈，厚赋重刑"，可见历史名声不咋样。但就是这个齐景公，日渐长大后却不仅坐稳了国君之位，而且在齐国执政竟然达到五十八年，是齐国历史上执政最久的国君。从执政年头上说，这又像是大清的康熙皇帝了。

景公这样一个贪图享乐的人是如何治国的呢？在《晏子春秋》一书中我们可以看到，他对国家治理的事并不特别在行，对君主该负的责任也不大上心，享受着君主的特权，吃喝玩乐，生活奢侈，游山逛水，乱发脾气，国家大事和日常管理，全交给以相国晏子为首的大臣们去管。齐景公对晏子还真是用人不疑，敢于放心，敢于放手，敢于放权。这也许就是齐景公能执政五十八年的诀窍。而另一方面，齐景公那些恣意享受、吃喝玩乐、游山玩水的事呢，也有一个忠心耿耿的心腹大臣帮着打理，那就是梁丘据。

晏子是个大忠臣，这谁都知道。而这位梁丘据，对于齐景公而言，也是一个大忠臣，这就是令人感慨的地方。只不过，晏子的忠与梁丘据的忠，内容实在是不一样。晏子的忠，是对齐国国家根本利益的忠，用现在的话来讲，是把国家根本利益放在第一位，任劳任怨、鞠躬尽瘁地工作，但遇到国君的做法不对、不符合国家和百姓利益时，晏子则会义无反顾地进谏。而梁丘据的忠心，则仅仅是为满足齐景公个人欲望的忠心，不仅不违君命，而且齐景公乐，则梁丘据必会跟着笑，齐景公悲，则梁丘据必定跟着哭，景公说玩，梁丘据必陪着鞍马伺候，齐景公唱歌，梁丘据必忙着弹琴伴奏，景公要是看谁不顺眼，他马上随声附和说此人该杀。所以，如果说晏子的忠是君子之忠，则梁丘据的忠只能说是一种小人之忠。遇到事情，只要晏子与梁丘据都表达意见，则两个人、两种忠心的不同之处就会表露无遗，并碰撞出矛盾的火花。可举的例子很多。

齐景公为自己建了一座奢华的行宫，叫"路寝之台"。建行宫时圈占了逢于何家的墓地。在母亲去世后，按齐国亲人合葬的风俗，逢于何要将母亲合葬到自家原来的墓地，可是那个地方已经被圈进了路寝之台的建筑范围。这事可就难了。逢于何找晏子提出要求，并且扬言为此将不惜绝食而死，让天下人都知道在齐国连母亲死了都没有葬身之地。晏子知道，这种矛盾是千万不能激化的，就去向景公说情。景公一听大怒，说从来没听说过要在君主的行宫院子里埋死人的！晏子就劝，说这事您没听说过，是因为从古以来君主也没有建宫室强占百姓房屋、损毁百姓墓地的。现在您为满足自己的欲望，"侈为宫室，夺人之居，广为台榭，残人之墓"，还不让人家按习俗葬母。这样的话,活着的人不得安心,心中的忧伤就会积累成怨恨,悲哀就会积累成危险的行动,这可就成大事了。景公一听这话,没了主意,只好允许逢于何进行宫院子里把母亲合葬了。晏子的进谏,是为了齐国和景公的根本利益,大义凛然。可这事梁丘据怎么说呢?他只觉得景公是受委屈了,看晏子走后,便一个劲儿在景公面前给晏子上眼药,埋怨说:"从古到今,就没听说过敢要求在君主行宫院子里埋死人的事,您干吗就答应了呢?"反倒是景公听明白了晏子的进谏,说:"削人之居,残人之墓,凌人之丧,而禁其葬,是于生者无施,于死者无礼。……吾敢不许乎?"可见在梁丘据心中,景公的面子比百姓利益和国家安危都重要。

齐景公在一处行宫里修了一个大水景,四周围栏雕龙画凤,极其华丽。建成之后,景公把晏子请来,他自己则是站在栏杆旁,穿上五彩王服,戴上珠玉王冠,鬓发随风飘飘,摆出个得意洋洋、狂傲无比的造型,问晏子:"当年管仲辅佐我们老祖宗齐桓公称霸天下时,是不是就这个样?"晏子一看就觉得今天这位主子有点不对劲儿,对景公说:"像不像霸主,关键在于干的事是不是霸主的事,而不在于穿衣戴帽。您现在一门心思修建华丽宫室、穿戴华丽衣冠,干事业的魂都没了,怎么可能当霸主呢?"晏子这话真是实话实说,令人佩服。而景公也是听人劝,吃饱饭,马上又嘿嘿地不好意思起来,告诉晏子,说是梁丘据他们说他像霸主,撺掇他这样做的,表示以后不这么闹了。看到梁丘据为了哄景公高兴,把景公都哄傻了,晏子很气愤。

齐景公这人,享受惯了,怕死之心很重。一次登上牛山游玩,北望都城繁华壮观,但又想到总有一天会死,会失去这一切,悲从中来,居然哭了起来。梁丘据等人不管三七二十一就跟着哭,哭了半天,发现晏子却在旁边笑。景公抹着眼泪说晏子:"我有伤心事,人家梁丘据他们都陪着我哭,你怎么反而笑。"晏子这才劝道:"要是人都不死,齐国就还是老祖宗姜太公、霸主齐桓公们当国君,哪能有您当国君呢?有生有死,才能有您今日国君的地位,您居然还为这事而哭,太想不开了。梁丘据那些人跟着您哭,其实是在向您献谄献谀罢了,我笑的是他们。"

有一次,景公身上长了疥疮,梁丘据就劝景公派史固与祝佗二人四处寻山拜庙为其禳病。这病过了一年也没好,景公急了,就要杀史固、祝佗二人,说老天不让自己病好,都是史固、祝佗向老天为自己说的好话不够。梁丘据本是始作俑者,这时却马上表示"对对对"。晏子则劝景公说:"要是向老天说好话就灵,那向老天说不好的话也灵。现在老百姓们向老天说您不好的话,多了去了,他们两人说再多好话,又有什么用。所以病未能愈,不能怪这两个人。"景公听了晏子的话,才想明白了。

景公好酒,曾经大半夜一个人喝不尽兴,带着酒和乐人们就去了晏子家。晏子见君主到来,以为朝中出了什么大事,后来知道只不过是景公要与他一同喝酒取乐,哭笑不得,便谢绝说"臣不敢与焉"。景公觉得有些扫兴,又转身去了管军事的司马穰苴家,司马穰苴也是个懂规矩的忠臣,也像晏子一样回答说"臣不敢与焉"。景公还不甘心,最后下令去梁丘据家。这回去对了,刚到他家门口,就见梁丘据已经"左操瑟,右挈竽,行歌而出",即拿着一堆乐器,口中哼着小曲,迎出大门来了,说:"好哇好哇,我陪您喝个痛快!他们二人是管国家大事的,但只有我,才是能让您快乐高兴的呀!"还有一次,梁丘据为讨景公高兴,专门找了个叫虞的歌唱家入宫,锁上宫门,专唱野曲,唱了一夜,第二天景公竟然不上朝了。大臣们都等在门口,不知所措。晏子来了,马上下令把那个叫虞的歌唱家抓了起来。景公闻此大怒,质问晏子说,是我请人家来唱歌的,你管这闲事干什么。晏子诚恳地说,宫廷之中唱不正经的野曲,破坏了国家的礼仪规矩,这事要发展下去,就会逐渐丢失了礼、丢失了国政,国家就会衰亡。这可不是闲事。景公这才明白兹事体大。

我们说晏子的忠是君子之忠,梁丘据的忠是小人之忠,优劣分明。可是梁丘据却觉得自己最忠,晏子不如自己忠心。他曾当面讥笑晏子说:"你伺候过三任国君,三个国君三个心,而你都忠心顺从,你这忠心太多了吧?"晏子则不客气地回答:"一心可以事百君,三心不可以事一君。"意思就是说梁丘据的所谓忠心,其实夹杂了自己的私心,不是一心而是二心、三心。梁丘据对事事落于晏子下风而心情郁闷,他曾对晏子感叹说:"吾至死不及夫子矣!"

梁丘据比晏子死得早。梁丘据死的时候,景公觉得失去了一个最爱自己、对自己最忠心的人,要特别厚葬。晏子问景公梁丘据的爱与忠究竟表现在哪儿。这位傻国君倒是说了心里话,他说:"吾有喜于玩好,有司未能我具也,则据以其所有共我,是以知其忠也;每有风雨,暮夜求必存,吾是以知其爱也。"就是说,我喜欢玩乐的事,朝里有关部门都满足不了我,但梁丘据能把他家里的东西都搬出来满足我,可见其忠心;碰到大风大雨的日子,梁丘据不管白天夜里,都想着来问候我有没有出什么事,可见其爱我之心。晏子听后耐心地说了一段话,意思是说,一个臣子,眼中只有君王一个人,这不是忠,只关心君主一个人,这也不是爱。梁丘据不过是把他从国家拿来的东西又献给了你,这不是忠;他是仗着你的宠爱,在朝中排斥其他大臣接近你,蒙蔽了你的眼睛,这也不是真的爱。景公明白晏子说的是对的,终于撤销了要厚葬梁丘据的旨令。

《晏子春秋》这本书里记录的梁丘据只有小人之忠,而梁丘据这个人本是真实的历史人物,可各种史书上记载很少,对这个历史人物如何全面正确地评价呢？比如有人就认为梁丘据是个大君子，《晏子春秋》这书是晏子政治集团对梁丘据这位政治对手的攻击和打压。这事咱还真考证不了，请朋友们谅解。但我还是爱读这本《晏子春秋》。二百一十五个小故事，研究历史的人，可以从中考证春秋后期的社会历史风貌，而我们一般喜爱文学的人，也不妨当作一部古代的短篇小说集来读。只要案头备一本工具书，碰到文字上的"拦路虎"就查一查，用不了几天，就会发现拦路虎越来越少，而活泼生动的小故事一个一个扑面而来，入眼入心，引人遐思，渐入佳境，乐趣无穷。

我喜欢的狂人们

有一种口碑叫"狂"。我查《新华字典》,"狂"这个字,大致有四个意义:一是发疯,是病态,如狂犬病;二是狂妄,指言行骄傲自大;三是纵情,指情绪无拘束,如狂欢;四是猛烈,如狂风暴雨。可见,汉语中使用这个字,不见得都是贬义。

年纪大了,人生经验多了,逐渐懂得,不同的人有不同的狂法。有的人明明是公认的没学问、没本事,却偏偏总是目空一切,对上上下下左左右右,谁也看不上,结果呢,周围的人都觉得这人"狂",而且谁也看不起他。这种"狂人",不招人喜欢。但历史上有很多狂人,人家是真有本事,真有学问,只是性格骄傲固执,行事不拘常理、不顾世俗、自尊自大,坚持说自己认为该说的话,做自己认为正确的事,我行我素。这些人是自觉占理,敢于坚持、表现自己,即使道孤于世也不愿认命随俗。我觉得这是一种有情有理、有本事有本钱的狂。读书读到这一类狂人的事,我常常会感动甚至羡慕这些狂人狂事,并惭愧自己做不到。我不是说这些人没有缺点,而是不想计较人家的缺点,反而内心对他们充满称赞与尊敬。说几个我喜欢的狂人。

李白是个大狂人。《旧唐书·李白传》说他这人"有超世之心",这话其实就是在说李白的狂。要说作诗,那李白确实称得上当世第一，可是李白关于自己作诗的评价，却并不怎么犯狂。他在黄鹤楼看到"崔颢题诗在上头"，马上承认再写也写不过人家。但李白对于自己的政治才能却总是口出狂言。他想当官，而且还自吹能"达则兼济天下"，自诩是济世大才，在《代寿山答孟少府移文书》一文中，李白自负地说，要是自己能有机会参与国家管理，就会"申管晏之谈，谋帝王之术"，必能"使寰区大定，海县清一"。这话显然不实事求是。李白的脑子一进入写诗状态，就敢于挤兑任何人，他挤兑西蜀名相诸葛亮，说"耻学琅琊人，龙蟠事躬耕"，他挤对东晋名相谢安，说"莫学东山卧，参差老谢安"，他甚至敢挤对孔老夫子，说"我本楚狂人，凤歌笑孔丘"，连孔夫子也不放在眼里。其实史学家都知道，李白绝不是个治国当总理的材料。李白接到唐玄宗要他进京的诏书，毫不谦虚，来了一句"仰天大笑出门去，我辈岂是蓬蒿人"。真入了宫，虽然只是个"待诏翰林"，品级并不高，但成了皇上身边的笔杆子，仗着皇上宠幸，狂态毕露，再借着酒劲儿，马上开始干那些真正的政治家们不会干出来的事，什么"天子呼来不上船"，什么拟旨时偏要朝中权贵高力士给他脱靴等等，搞得皇上都觉得过分了，终于"由是斥去"，让他腰上揣一块御赐金牌，游荡江湖喝酒去了。就是这么一个狂人，历史学家如何评价呢？郭沫若说：人家这是"浮云富贵，粪土王侯"，把他敬佩得一塌糊涂。我觉得，李白的狂就是一种人们不忍心指责，反而觉得有可爱之处的狂。所以，李白的狂，一般人学不来。

韩信也是个大狂人。《史记·淮阴侯列传》说，他先投在项羽营中，但只当了个郎中，一肚子本事没地方用，憋得慌，干脆又改投刘邦。在刘邦那里，靠夏侯婴说好话，才当了个治粟都尉，还是不得志，又撂挑子不干，跑了。是萧何识人，把他追回来，又力劝刘邦重用韩信，一下子筑坛拜将，当上了大将军。韩信此时才向刘邦详细分析了天下形势，筹划谋略，让刘邦觉得天上突然掉下个大将军。你看韩信这人，自己有能耐，不被重用就撂挑子，这还不狂！刘邦坐了天下，建立汉朝，论军功，当然是韩信第一。君臣之份已定，刘邦对韩信的狂就难以容忍了，先以韩信为齐王，之后又改封楚王，又借口韩信有造反之心把他抓起来，贬为淮阴侯，养在京城。人都觉得这小子该收敛了吧？不行，韩信还是狂。他公开表示看不起同是侯爵的周勃、灌婴、樊哙这些开国元老。樊哙娶的是吕后的妹子，可是刘邦的"一担挑"，但他却诚心诚意当韩信的粉丝，请韩信到家里坐坐，毕恭毕敬"跪拜送迎"，甚至在韩信面前称韩信为"大王"，以"臣"自称。可韩信呢，吃完一抹嘴，走出大门后居然呸人家，说："生乃与哙等为伍！"即是说，我这辈子真掉价，怎么混到和樊哙这些人来往的地步了呢！更有甚者，皇上刘邦与大臣们聊天，说起将领们带兵的能力，就问韩信："如我，能将几何？""将几何"就是说能带多少兵。韩信毫不客气地说："陛下不过能将十万。"刘邦又问："如公何如？"韩信大嘴一张："如臣，多多益善耳。"说实话，韩信这话不对，是有些太狂了。不管韩信带过多少兵，怎么说带的也还是人家刘邦的兵，怎么能分开说呢。这可是封建社会，这种挤兑君主的狂言，分明就是在找死！结果，他最后也真是落得"狡兔死、走狗烹"的下场。说起来，谁都明白韩信的自大和过分，但也都对韩信的军事才能赞不绝口，对韩信的死寄予同情。所以，韩信的狂，也是一般人学不来的。

在中国近代史上，梁启超也是个狂主，这个人狂劲儿要是一上来，那可是谁也勒不住的。民国时期军事理论家蒋百里一九二〇年曾写成一本《欧洲文艺复兴史》，五六万字，请梁启超给写个序。梁启超写时狂兴一发，渐至不管不顾之境地，竟把个序言写出了六万多字，比人家的书还长，没法用，只好后来又另请人写了一篇。梁启超那篇六万多字的序言，后来不仅单行出版了，名曰《清代学术概论》，而且至今专家们认为这本书是"我国第一部系统总结清代学术史的著作"，是"近代学术史上的一件珍品"。对这件事，梁启超自己则淡淡地说，只是"下笔不能自休，遂成数万言，篇幅几与原书埒。天下古今，固无此等序文"。狂不狂？戊戌变法失败了，梁启超不但不服输，还写了两首《自励》诗，说："献身甘作万矢的，著论求为百世师"，就是声明我就是中国的百世之师，并且说"十年之后当思我，举国犹狂欲语谁"，即你们看着吧，再等十年，我的主张必能胜利，到那时国民们会举国狂呼我的名字。失败不改狂！梁启超有一句名言："吾爱孔子，吾尤爱真理；吾爱先辈，吾尤爱国家；吾爱故人，吾尤爱自由。"可见梁启超的狂，源于追求真理至上的性格，挺可贵的，这也是一般人学不来的。

如果说狂是一种性格，在我们身边的一般人里，也有一些让人喜欢的狂人，只不过不如那些名人们事业大、名气大而已。

想起我有一个高中的老同学，叫刘少敏。当年在学校我就挺佩服这位哥。我们这些人，那时整天想的都是要争当三好学生，比谁的学习好，比谁更听老师话。可这位哥，学习成绩实在一般，但心地善良，为人仗义，而且性格特狂，特立独行。学习不好他无所谓，一门心思按毛主席"野蛮其体魄"的要求强体健身，成天在家"练块儿（肌肉）"，什么杠铃、哑铃、单杠、双杠、俯卧撑，练成一身特漂亮的腱子肉。他又去什刹海体校学击剑，还把剑带到班里，得意洋洋地炫耀，把我们这帮男生羡慕得一塌糊涂。这位哥田径更拿手，学校运动会跑八百米，发令枪一响，飞一般地冲出去，才跑了两百米不到，已经把其他人落下了五十多米，并按这个劲头一直冲过终点线，一下子成了校级名人，狂！

"文革"后各奔前程，近五十年再没见过面，突然前些天又与刘少敏联系上了。我们几个老同学去看他，一帮七十多的老人，一通山侃海聊，这位哥说起话来，大声大气，还是一副"混不吝"的气势。他退休前一直在航天部门做专业摄影，这五十年来的做派就没变过，也总是被人看成狂人。他毫不谦虚，说自己在航天摄影上的实力就是"世界第一"！他说当年在电影学院学摄影时，他就说："我刘少敏摄影就是世界第一！"同学老师都说他狂。结果呢，在后来的工作中，他还就真是拍出了大量有世界第一水平的好作品。在航天发射场上，别人都谨奉指令在安全地带拍摄，他偏偏就敢用腿勾着塔架，探出身子，抢出独一无二的角度，加上自己独一无二的用光"秘方"，拍出了同行公认的"世界第一"好照片。他还说，在自己封机停拍之前，"摄影界拍摄航天发射，只要我的片子一拿出来，没人敢说比我拍得好"！还有风光摄影，他说，有一次在广播中听到一则关于厄尔尼诺活动轨迹的消息，他立刻就买票上了安徽黄山，结果是独一份抢到了黄山上反规律气象条件下的云海奇观，时间、地点、气候条件的唯一，也使得拍成的照片成了摄影界的唯一。你说这位哥狂不狂！

　　一边听这位哥讲故事，我心中就在感叹，这位老同学狂的是真有本事，而且有他自己的道理。我敬重他，也羡慕他的性格。对于干事业的人来说，狂是一种永不言退的积极心态，是人的一种可贵性格。别光是抠人家哪句话说得有些过分夸张，要看人家事干得怎样，要看人家默默付出的超乎常人的辛勤劳动，要看人家为事业付出的常人不敢付出的生命风险。您说对不？

汉朝狂人赵壹的事

朋友问我："有个成语叫'钻皮出羽，洗垢索瘢'，你知道吗？"这成语我还真不知道，心怀惭愧，赶紧请教出处。朋友说："出自东汉辞赋家赵壹的《刺世疾邪赋》。"并告诉我："那个赵壹也是个狂人。"

回家我就去查。先查商务印书馆的《汉语成语考释词典》，果然有，而且是分成了两条，一为"钻皮出羽"，一为"洗垢索瘢"，出处都是东汉赵壹《刺世疾邪赋》中那句"所好则钻皮出其毛羽，所恶则洗垢求其瘢痕"，意思是对自己所爱的人，则想尽办法找他的优点，好像要钻开皮子去找毛羽，对自己所恶的人，则想尽办法找他的缺点，好像把皮子洗了又洗，寻找皮子上有什么瘢痕。这是赵壹指责社会风气不好的一个形容。然后我又去读了载在《后汉书·文苑列传》中的《赵壹传》。

赵壹，本名赵懿，因《后汉书》成书于晋朝，要避讳司马懿的名字，书中就被改成了赵壹，后人也只好这么称呼下来了。赵壹是东汉的一位辞赋家，字元叔，汉朝时的汉阳郡西县人（即今之甘肃陇南礼县）。传记中记载，赵壹"体貌魁梧，身长九尺，美须豪眉，望之甚伟"，应该是个健美男。赵壹这人的性格，是"恃才倨傲"，就是又有才又傲气，狂，狂得周围乡亲好多人都排斥他，不愿与他交往。他曾几次被指触犯法律而进大牢，肯定也与这个性格有关，有一次甚至要被判死刑，多亏有朋友出面相救才了事。出狱后，他给朋友写了感谢信，信里形容朋友的相救是将自己"收之于斗极，还之于司命，使干皮复含血，枯骨复被肉"，说白了就是从死神那里被拉了回来，起死回生的意思。信上还附上一篇《穷鸟赋》，自比是一只走投无路的鸟，陷在狱中时，是"毕网加上，机穽在下，前见苍隼，后见驱者，缴弹张右，羿子彀左，飞丸激矢，交集于我。思飞不得，欲鸣不可"。意思是上有罗网，下有陷阱，前有老鹰坚喙利爪虎视眈眈，后有猎人弹弓弩箭紧紧追杀，飞也飞不走，喊也无人听。文字声情并茂，真有文采。

汉灵帝光和元年（一七八年），赵壹已经是五十六岁的人了，经推举在汉阳郡当上了计吏，是个年薪百石的小官。汉朝有个国家管理制度叫"上计"，每个财政年度过后，要由主管政务的大臣集合各郡国的上计吏和几个计吏，到京师集体汇报本地一年的社会经济情况，以此考查地方政绩。

这年年底朝廷上计，各郡国赴京的计吏们达数百人，赵壹作为汉阳郡计吏到了京师。当时朝中是司徒袁逢（也有人认为是"袁滂"）主管此事，在汉朝司徒是朝中三公之一，是主管国家政务最大的官，相当于丞相。袁逢接见各地来京的计吏时，数百人立马恭恭敬敬跪倒在地参见，唯独赵壹一个人站立其间，只是向着袁逢作了一个大揖而已。袁逢左右的人立刻上前斥道：你一个小小的计吏，见了司徒怎么敢就这样作个揖！赵壹面不改色，从容地说："想当年郦食其觐见高祖时就是作了个大揖。我现在不过是见朝中司徒，作揖有什么奇怪的。"这就是赵壹的狂，以才华自负而不愿对达官权贵卑躬屈膝。也巧，袁逢这位大官恰恰是个有心胸的爱才之人，看了赵壹的样子，听了赵壹的狂话，不仅没翻脸，反而亲自下了大堂，拉着赵壹上堂就座，让赵壹当面说说汉阳的具体情况。赵壹早有准备，又有才，滔滔不绝一通汇报，听得袁逢心中大悦，向旁边的属官们说："这位汉阳的赵元叔先生，我看比朝中的大臣们都强！"这一下子，赵壹就出了大名。

此事过后，人人都知司徒袁逢看重赵壹，赵壹更是以此借酒撒疯，名声大噪。他到处拜访名人，名人们也到处说他的好话，《赵壹传》中说，一时搞得是"名动京师，士大夫想望其风采"。

赵壹虽然看重出名，却并不想借此在仕途上攀升当官。所以，赵壹被袁逢赏识出名之后，各州郡都争着抢着要聘请他到自己这里来做官，可赵壹呢，哪儿都不去，所谓"州郡争致礼命，十辟公府，并不就，终于家"。就是说直到去世，他一直就顶着自己原来那顶小小乌纱做他的汉阳郡计吏。这也与他性格中的另一个特点有些关系，就是愤世嫉俗。他的精神状态，总是一肚皮牢骚、一肚皮不满、一肚皮看不上，在他的眼里，世界是昏暗的。有生活经验的人都知道，像这样又有才，又傲气，又不能对上卑躬屈膝，又不合时宜的人，实在也当不了官、混不了官场，只能当诗人，当文学家。所以赵壹只在文人的圈子里狂，成了东汉的辞赋家。

《史记》中说赵壹"著赋、颂、箴、诔、书、论及杂文十六篇"，而在《史记》中详述的，是赵壹的两篇赋，可见是他的代表作。一篇是上面讲到的《穷鸟赋》，另一篇就是愤世嫉俗发牢骚的《刺世疾邪赋》。

这篇《刺世疾邪赋》，文字有些艰涩，我也只能介绍个大致的意思。赵壹在赋中认为，从春秋战国到秦汉当世，当政的都是些不计"生民之命"，唯"利己而自足"的人，官场上则是"佞谄日炽，刚克消亡，舐痔结驷，正色徒行"，奸佞谄谀之人越来越多，刚正不阿之人都活不下去了，能给大官舐痔拍马屁的人就能坐上华贵的马车，一身正气的人只能徒步行走，搞得世上"邪夫显进，直士幽藏"。掌权用人的人，都是"所好则钻皮出其毛羽，所恶则洗垢求其瘢痕"，使得真正想出力尽忠的人，都被猖猖乱吠的走狗们挡住了进身之路，整个国家成了无舵的船，甚至成了一堆待燃的积薪。赵壹还感叹，说自己是"宁饥寒于尧、舜之荒岁兮，不饱暖于当今之丰年"，即宁愿活在尧舜时代的灾荒之年吃不饱饭，也不愿意有吃有喝地活在这个风气不好的时代，因为"乘理虽死而非亡，违义虽生而匪存"，即追求正义的人，虽死犹存，而违背道义的人，虽然活着，但无异于早就死了。赋里还插了一首诗，感叹自己"文籍虽满腹，不值一囊钱"。

还想说些题外之事。赵壹的《刺世疾邪赋》是文人泄愤之作，遣词用语之夸张，相信没有一个当政的人看了会虚心接受。但倒也没听说赵壹因这篇泄愤的赋被朝廷追究。反倒是过了一千六百多年，清朝乾隆四十六年（一七八二年），《刺世疾邪赋》却引发了湖北孝感的一件文字狱。

《清朝野史大观》一书卷三中，记载了一条《程明禋寿文之狱》，咱也简单说说。

程明禋是湖北人，在河南桐柏县教书已经十多年。乾隆四十六年，有个也是湖北籍的富人郑友清做寿，通过程明禋的学生请他撰篇寿文做一个寿幛。程明禋写了寿文，其中夸郑友清是"绍芳声于湖北，创大业于河南"，还说了"捧河中之剑，似为添筹"的恭敬话。这郑友清没什么文化，但当时文字狱这事挺多，他总觉得什么"创大业""捧河中之剑"心里看着不踏实，就没敢做成寿幛，只把程明禋写的寿文抄到一张红纸上贴到正堂外面去了。程明禋知道此事后大怒，门下几个学生更是登门上郑家要求道歉赔礼，并把郑友清的一个侄子打了个乌眼青。郑友清拿着程明禋写的寿文去找县里的教谕黄怀玉告状。你想，这郑友清是个富豪，程明禋只是个教书匠，吃亏是肯定的。黄怀玉把这事报告了河南巡抚富勒，巡抚将此事批到南阳府彻查。南阳府查抄了程明禋的家，查到禁书《留青新集》一部和一堆程明禋案头平日随意写下的纸条子。这事可就闹大了。

　　审问程明禋的人先说他写的寿文用语"狂悖"。程辩解说，写"绍芳声于湖北，创大业于河南"只是夸郑友清籍贯湖北，来河南经营起家成业，说"捧河中之剑"，只因郑的生日是三月初一，这是借用了古代秦昭王的一个时令典故。但说到那些平日写的纸条子，问题来了。有几张纸条上抄的就是赵壹那篇《刺世疾邪赋》里的语句，一张是"钻皮出毛羽，洗垢求瘢痕"，一张是"不饱暖当今丰年"，还有一张是先抄了赋里一句诗"文籍虽满腹，不值一囊钱"，旁边则密加圈点，批了"古今同慨"四个字。巡抚怒斥程明禋："当今圣明在上，勤政爱民，臣民无不爱戴，汝怎混抄那'不饱暖当今丰年'的文句！""汝何以独取《赵壹传》两句诗，且批'古今同慨'四字？"程明禋又辩解说："犯生庚子科回籍乡试不中，心内牢骚不平，偶读《赵壹传》，触起心事，随手摘写几句，不敢有别的意思。"又说："犯生教书度日，那些有钱人都瞧犯生不起，心里愤懑，故圈出'文籍虽满腹，不值一囊钱'二句，旁批'古今同慨'四字。""犯生科举多次总不得中，埋怨主司去取不当，又以命运乖蹇，无由发迹，即使衣食充足，也不快活。故写出'钻皮出毛羽，洗垢求瘢痕'，'不饱暖当今丰年'等句。"

　　平心而论，程明禋的解释与辩解，确实是在实话实说。但在清朝那个闹文字狱的时代，这可不管事。因为给人家写了篇寿文，闹出矛盾，处理不当，摊上官司，不值。关键是又带出平日读书时乱写的一堆发牢骚的纸条子，就跌入了文字狱中，结果酿成了一个万劫不复的悲剧。此案最后的结局是：巡抚富勒上奏乾隆皇上，判程明裡依大逆律凌迟处死，而且其弟程明珠也连坐判斩立决，其妻沈氏和十五岁以下三个儿子被判发给功臣家为奴。上门打人的几个学生都被革去衣顶，暴打八十大棍。就连那个桐柏县教谕黄怀玉，也被追究管教失职，被革职处理。

赵壹这位狂人在东汉时写下的《刺世疾邪赋》，为自己赢得了辞赋家的名声。一千六百多年后，清朝一个教书匠程明裡，抄了这篇赋里的句子，捎带着发了发牢骚，结果就成了文字狱，被凌迟处死。世事阴差阳错，就是这么古怪。

姜子牙的名字和钓鱼的事

古时有个名人叫姜子牙,俗话中有一句"姜太公钓鱼,愿者上钩"。

小时候知道姜子牙,是听大人讲的故事。后来又看小说《封神演义》,知道了这人是"姓姜名尚字子牙",而且还是一位神仙。那么,姜子牙在历史中的真实情况又如何呢?现在能读些古籍了,就找《史记·齐太公世家》来看。

首先我发现,在《史记》里司马迁根本没提到过"姜子牙"这个称呼。司马迁称其为"吕尚",又称"太公望""师尚父",更没说这个人是神仙,而应该是先秦时齐国的开国国君。

《史记》讲到,吕尚籍贯是"东海上人",这好像有点模糊。去网上查,晋代张华的《博物志》一书中说:"海曲城有东吕乡东吕里,太公望所出也。"又有郦道元《水经注》中说:"莒州东百六十里有东吕乡,……太公望所出。"这就说得比较具体了,吕尚应该是山东莒州东吕乡东吕里的人。

《史记》中说,吕尚老祖宗曾协助大禹治水有功,被舜或禹封在吕这个地方。这一下子竟刨到了吕尚之前的五百年,说他老祖宗是有封地的大官,也不知司马迁在那个时代是怎么考证的,反正是个光荣的事吧。

那么，姜子牙的名字又是怎么个情况呢？《史记》又说，吕尚"本姓姜氏"，是因为封地在吕，那时惯例是以封地为姓，所以姓吕。这就是说，姜子牙家本姓是姜，应名姜尚，但家庭实际住址在吕，所以又姓吕，叫吕尚。这话有点绕，现代人看了会觉得糊涂。这就涉及中国人姓氏的发展历史，叫姓氏学。按姓氏学说，中国人在吕尚老祖宗的时代，实行的还是母系社会的习俗，"姓"和"氏"是严格区分的两个概念。姓是指母系的血脉系统。吕尚"本姓姜氏"，就是说，吕尚的母亲是姓姜，所以他也姓姜。而"氏"，是指大家族分散居住到各地后的分支。吕尚家是姜家被封到吕这个地方的姜姓分支，按封地分支说，就要称为吕氏。这个规定，到汉朝时已经逐渐不那么严格了，但司马迁坚持旧俗称其为吕尚，可能是想突出吕尚家族曾被大禹分封在吕的历史荣耀。总之，按血缘继承关系，姜子牙姓姜，按户籍，则是"吕氏"，加到名字上，全称就是"姜姓吕氏名尚"。习俗变了之后，后人称姜尚也是他，称吕尚也是他。

这与我们今天的姓氏习俗太不一样了，我们现在是姓、氏不分，基本只说姓，不讲氏，而且这个因血缘而来的姓也变为父亲一脉，从父姓了。

司马迁为什么又称吕尚为"太公望""师尚父"呢？

"太公望"的称呼，是周文王给起的。吕尚一身的才学本事，但不得志，混到七老八十了，仍然穷困潦倒。可他"老骥伏枥，志在千里"，知道周文王被纣王软禁在羑里，就企图去结识他，便故意到附近的渭河边上去钓鱼。也正好文王外出打猎解闷，在渭河边真让他碰上了，两人又聊上了，而且聊得文王那叫一个高兴，那叫一个相见恨晚，说："自吾先君太公曰'当有圣人适周，周以兴'。子真是邪？吾太公望子久矣。"意思是俺爹的爹在世时就说过，会出现一个圣人使咱们周再兴盛起来，你就是那个圣人吗？俺爹可早就在盼望您的出现啦。太公这个词，本是家族辈分上的一个尊称，现代人多指祖父、曾祖辈，而古代似乎父亲一辈也可尊称为太公。文王说的"吾太公望子久矣"，被人当作美谈传来传去，后来人们居然就把吕尚称为了"太公望"，可见起初这只是吕尚的一个"外号"。后来这名号越传越响，乃至先秦各种典籍如《国语》《战国策》也都是直接以"太公望"或简称"太公"来称呼姜子牙了。至于称其为"姜太公"，不过是在流传中把他的本姓"姜"与"太公"的外号嫁接在一起而已。

再说"师尚父"这个名字，这是周武王给起的。文王从被软禁的羑里脱身后，带吕尚一起回到西岐，继续当西伯侯，重用、依靠吕尚，修德蓄武，实力、势力迅速扩张，竟达到了"天下三分，其二归周"的强势。文王死后，武王继位，仍然重用、依靠吕尚，并把吕尚尊称为"师尚父"。《史记》并没有细讲武王给吕尚起这个名字的具体过程，但是在描写武王一次东扩出兵时，就直接用了这个称呼，原文是："师行，师尚父左仗黄钺，右把白旄以誓"，就是说，临出发的时候，师尚父（吕尚）左手执黄钺，右手持白旄，带领大军宣誓。至于"师尚父"这三个字的意思，按汉朝刘向在《别录》一书的解释，是"师之、尚之、父之"的意思。"师"即师傅、老师之意，"尚"是崇尚，与吕尚本名中的尚无关，"父"也不是指现代的"干爹"，而是当时人们对男子的一种美称，当然可能也包含像对父亲那样地尊重的意思。后人管吕尚叫尚父，应始于此。

接着想说说"姜太公钓鱼"的事。姜太公确实在渭水边钓过鱼。不仅司马迁的《史记》讲了他借钓鱼见周文王的故事，而且在汉朝刘向《说苑》一书还讲了个更详细的故事。书中说"吕望（即吕尚）年七十钓于渭渚，三日三夜鱼无食者，望即忿，脱其衣冠。上有农人者，古之异人，谓望曰：'子姑复钓，必细其纶，芳其饵，徐徐而投,无令鱼骇.'望如其言,初下得鲋,次得鲤"。这故事讲得很生动。从这个故事里我们还可以看出,吕尚这人性格可不像是个好脾气。他是为了见周文王以谋进身之阶,才到渭水边钓鱼装样子,其实不会钓鱼。一开始,三天三夜啥也没钓上来,就急了,气得浑身冒汗,脱衣摔帽。岸边上有个农民老头是个高人,告诉他,你再钓,要换成细细的鱼线,香香的鱼饵,平心静气地慢慢来,不能吓到鱼。吕尚听了这话,照着做了,一下钩就钓上一条鲋鱼,再下钩,又钓上来一条鲤鱼。这事咱们可以"上纲"一下,这就是吕尚的优点,一是善于学习,二是能自觉锤炼和管控自己的脾气。这可能也是吕尚事业能成功的因素吧。听人劝,吃饱饭,此之谓也。

关于吕尚钓鱼,还有句俗话说"姜太公直钩钓鱼,愿者上钩"。我一直觉得这是瞎掰。查小说《封神演义》,在第二十三回"文王夜梦飞熊兆",说姜太公在河边钓鱼,有个打柴的樵夫叫武吉的,见他用的鱼钩居然是直的,便笑话他笨,说:像你这样的鱼钩,"莫说三年,就百年也无一鱼到手。可见你生性愚拙",还教育他说,鱼钩应该是把铁针烧红,弯曲成钩才行。姜太公则淡然说道:"老夫在此,名虽垂钓,我自意不在鱼"云云。小说家讲的历史,靠不住,但小说中讲的历史故事,是可以流传下来的。这姜太公直钩钓鱼的说法,我觉得可能就是出自小说《封神演义》。

再说个题外的话。不说姜太公,只说直钩钓鱼这事,还真不能简单地斥为无稽之谈。现实生活中,还真有这样的一个钓法,这是我在网上看到的。前几年有位叫"黎明曙光"的人发过一篇散文,文中写道:

> 直钩也能钓乌鱼。那大乌鱼虽然隐蔽较深,但很容易被发现。……乌鱼的幼子叫"乌子",都是一群乌黑的小蝌蚪。那

"乌子"很小的时候都是围着爸爸妈妈，因此只要看到有一大群"乌子"，那"乌子"的下面必然会有一雌一雄的大乌鱼在潜伏。钓鱼人就借着乌鱼爱子的特性，用直钩钓它，用直钩在那群"乌子"的地方一骚扰，"乌子"散了，那潜伏在下面的老乌鱼就立即出场捍卫，来和侵略者打拼，用嘴把直钩死死咬住，这样大乌鱼就被钓上来了。

长见识吧，有意思吧？谢谢这位网友！

说说海昏侯的那些事

最近，江西南昌的汉朝海昏侯大墓考古挖掘在媒体上很热。大墓揭开，青铜礼器、陪葬车马、漆器、玉器、马蹄金、金饼等等耀人眼目，据说出土文物已经达到一万件以上。面对这些珍贵精美的文物，很多人问这个海昏侯究竟是何许人也。我看到报上说，有较明显的迹象可以证实，这个墓的主人应该是西汉废帝刘贺。闲来无事，我就查了点这位刘贺的资料，提供给各位朋友聊天。

关于刘贺的历史记载，主要在《汉书》的《宣帝纪》《元帝纪》《武五子传》《霍光金日磾传》等中。资料挺多，只能简抄。这位刘贺，本是汉武帝刘彻的孙子，其父刘髆，是汉武帝最小的儿子，被封到山东为昌邑王，在位十年去世，年仅五岁的儿子刘贺继位成了第二代昌邑王。汉武帝病死之时，留下遗诏让大司马霍光辅佐次子刘弗陵继位成为汉昭帝，当时刘弗陵才八岁。汉昭帝在位十四年病死，也才二十一岁，而且没有儿子，谁来继位便成了个大问题。霍光主持选帝，不少人建议考虑汉武帝唯一尚在人世的儿子广陵王刘胥。这个广陵王刘胥，身材壮硕，力能扛鼎，能"空手搏熊羆猛兽"，但又是有名的"动作（即行为）无法度"之人，霍光等觉得实在不配当皇帝。然后，向下一辈人中再选，就鬼使神差地选到了昌邑王刘贺，接着就下了玺书，诏刘贺进京继位。但谁也没想到，与那位落选的刘胥比起来,这个刘贺更不是个好鸟,更无法度。

刘贺在昌邑,接到玺书时是半夜时分,大喜过望,急于当皇帝,史书上说他中午便出发进京,晚饭时分居然就已经赶了一百三十五里地,马匹累死了一路。一路之上,他丝毫不遵守丧制礼仪,照常大吃大喝,寻欢作乐,还强抢民女载入车中。到了长安后,于六月一日接受了皇帝的玺印,办了正式过继给汉昭帝的手续,算是当上了皇帝。在这个皇帝的龙位上,刘贺只待了二十七天。这二十七天里,昭帝的灵柩还停在前殿,他却每天与一帮从昌邑带来的乐人玩乐,"击鼓歌吹作俳倡",与从官大吃大喝,并乘着法驾,"皮轩鸾旗,驱驰北宫、桂宫",游戏宫廷,并与宫人淫乱,谁劝也不听。

在国事处理上,这二十七天,刘贺虽然还没有举行正式的登基典礼,却接连不断地使用皇帝的符节,命令各官署向各地征物调人,供个人享用,而且竟高达一千一百二十七次。一些身边的大臣看不下去,多次进谏规劝,不是被责骂就是被发配入牢,朝廷礼仪、宫中秩序全乱了套。身为新皇帝,如此的荒淫无道,这哪里是朝中霍光等实权人物所能容忍得了的。

所以,二十七天后,霍光又一次出手了。他先与亲信大司农田延年秘密商议,决心废掉新皇帝刘贺,又召集丞相、御史、将军、列侯、中二千石、大夫、博士在未央宫开会,强行统一了意见,然后率众臣晋见皇太后。皇太后同意了霍光的意见,并与霍光和众臣摆驾未央宫的承明殿,设下森严警卫,下诏要刘贺来见。刘贺这时还被蒙在鼓里,来到承明殿后,霍光在门前说,奉太后的命令,刘贺带的所有昌邑来的人都不准进殿。刘贺还挺纳闷,说:"徐之(慢点慢点),何乃惊人如是(干吗这么吓唬人)?"霍光也不多解释,便令人把刘贺带的人全部驱赶到金马门外,后又直接都送去大牢了。

一会儿，太后传诏要刘贺进殿。殿中太后威严端坐，周围侍卫剑戟森森，这时刘贺才有些怕了，问："我有什么罪，要这样召我来？"然后尚书令开始宣读霍光与众大臣共三十六人联名给皇太后的奏本，一一历数刘贺的罪状。这一回，刘贺才真傻了眼。这个奏本很长，《汉书·霍光金日䃅传》中几乎全部记录在案，从刘贺进京路上开始，到在皇帝位上的二十七天，将他所有废礼违制、悖乱荒淫、不听劝阻、滥杀滥罚的丑事一锅端了上来。宣读到一半的时候，刘贺已经离开座席跪伏在地了。而奏本的结论，就是"当废"两个字，皇太后的结论就是一个字："可。"在承明殿上，皇太后当时就下诏废了刘贺的皇位，发回昌邑。废了刘贺后，以霍光为首的朝臣们才又选择了汉武帝的曾孙刘询当了皇帝，即汉宣帝。

昌邑王刘贺当了二十七天的皇帝，还没举行过登基典礼就被废，也没有自己的年号，在汉朝历史上被称为"废帝"。回到昌邑后，刘贺心有不服，但也是真的猖狂不起来了。朝廷专门给管辖昌邑的山阳太守张敞下密诏，要他严密监视刘贺的动静。张敞则专门去刘贺家中探问，然后写成详细报告上送，最后认定刘贺精神身体都已经溃垮，"不足忌"了。第二年，新皇帝汉宣帝又下诏，将刘贺移封豫章，降为海昏侯。又过了四年，这位当过二十七天皇帝的刘贺最终死在封地。他的一生，是闹剧？是悲剧？说不清。但可能因此才有了我们今天挖掘的江西南昌海昏侯大墓。

"白马非马"与为人民服务

过去只知道古代先秦诸子中有个公孙龙,是个大学问家,主张什么"白马非马""离坚白"一类的哲学话头,谁也辩不过他。前几天出门旅游,想带本书以备路上无聊时翻看,鬼使神差,竟从书柜中抽出一本谭戒甫先生的《公孙龙子形名发微》放入了行李包。这书在我书柜中已经有年头了,从未认真读过。回忆当初,是想读些古代经典,看到有标为"新编诸子集成"的系列丛书,便选了几本收藏,这是其中最薄的一本。回家后曾翻看过一次,内容太哲学太理论,基本看不懂,看不进去,放在柜中,就再没请出来过。

于是旅途中就又翻开了这本书,自忖这些年读书的能力兴许长了一些。但是真遗憾,不怕朋友们笑话,书页只翻了不到四分之一,又翻不下去了,又进入了看不懂状态。这才知道,专家就是专家,学问就是学问,咱俗人就是俗人,不懂就是不懂。光认识几个汉字这绝对不是学问,要真懂得文字表达的内容,这可不是吹的、不是装的、不是蒙的、不是骗的,咱还差得远呢。

虽然说看不下去了,但也不能说毫无所得。自己觉得对那个著名辩题"白马非马",可算还明白了一个大概的意思,而且还引出一点题外的感想,且听我慢慢道来。

公孙龙是先秦时的赵国人,曾在平原君门下做食客,特长就是"好形名，为辩者"。他也确实给平原君出过不少好主意，挺受赏识。所谓"白马非马"的辩题，公孙龙观点的立足点，可以说是"物莫非指，而指非指"这八个字。即：所有的事物都有它的名字，但事物的名字与事物本身并不是一码事（这话确实够绕人脑筋的）。他说，"白马"这个概念，其中的"马"，是指它的形体，而"白"是指它的颜色。一个马圈里只有黄马、黑马，证明这个马圈里是"有马"的，但要让你去圈里找"白马"，你肯定会说"没有"。你看，在有马的圈里，你说没有白马，这不就是说"白马非马"了吗？如果你不服，争辩说："天下哪有没有颜色的马，要说加上了颜色概念就都不是马了，那岂不是说天下根本就没'马'了吗？"公孙龙说：对呀！马都是有颜色的，所以说"白马"是存在的。但"白马"这个概念，是"白＋马""马＋白"，是一体的，就不是只指马的形体的那个"马"的概念了，所以才说"白马非马"呀。

　　哲学就是高深。就是以上这点东西，我脑子里绕了半天，一边觉得公孙龙先生真矫情，一边又觉得还真辩不过人家。这种纯哲学思辨的东西，咱俗人弄不了，还是让人家理论家们去玩吧。其实，就是真有学问的人，也不见得都愿意和公孙龙这样的形名学家玩辩论。书中有介绍，说孔子的六世孙孔穿也是个博学有才的人，与公孙龙活在同一时期，曾与公孙龙在平原君家有过一段辩论，辩到形名学的"藏三牙"辩题时，孔穿终于哑口无言败下阵来。还说孔穿曾找到公孙龙，说我一直敬仰先生，想拜您为师，但您的那个"白马非马"的理论我又实在不能接受。只要您放弃这个"白马非马"，我就拜您为师。公孙龙毫不犹豫地回答：错！我的看家本事就是这个"白马之论"，把这个丢了，我拿什么给你当老师，这不等于是你给我当老师了吗？

　　这些东西在脑子里绕着时，我忽然又想：公孙龙先生的这种思辨，在我们今天现实生活中，还有什么实用价值吗？结论是，对于有些人来讲，这个实用价值还真可以有！

比如说，我是一个挂着"为人民服务"大匾的社会服务窗口的工作人员，你找我来了，小心翼翼地说要盖个什么公章，或办个什么证明、证件的。如果正赶上我心情不好或正在犯懒，我就可以很傲慢地应付给你一个冷冰冰的目光、不耐烦的语气和一串推诿不办的借口。如果你不能忍辱负重，竟然还指着"为人民服务"的大匾不知趣地质问我："你们这态度还算是为人民服务吗？"我就可以堂而皇之地告诉你："我们是为人民服务，但不是为你服务！按公孙龙先生的理论，你只是人民概念里面的张三李四，但不是人民！"就这么说，看你能不能辩论得过我。

要赶快解释一句，我对公孙龙先生的理论和《公孙龙子形名发微》的作者谭戒甫先生可丝毫没有不敬的意思，因为那确实是门真正的、高深的、正经的哲学，不是我们生活中说的那个"矫情"。我只是乱翻书，看不懂了就瞎联想，瞎调侃，借这个由头对社会上公务人员服务态度的问题发点牢骚而已，莫怪。

诸葛亮、空城计与三十六计

"空城计"的故事绝对算国民常识,谁都知道,张口就来:诸葛亮错用马谡,失了街亭。司马懿十五万大兵攻到诸葛亮所在的西城。诸葛亮城中只有一班参谋、干事类的官员和二千五百老弱残兵,只好临危设了一计,将城门大开,每个城门口用二十个士兵扮成百姓扫街净道,自己则披鹤氅,戴纶巾,在城楼上凭栏而坐,焚香操琴,神态自若。司马懿引兵来到,一见心里生疑,觉得诸葛一生行事谨慎,敞开城门不守,其中必有诡计,又久久琢磨不透,结果不仅没敢攻城,还居然下令兵马掉头后退几十里。诸葛亮逮住这个空档,赶紧收拾收拾,溜走了。

这故事是小时候听的,而且我大半辈子以来一直认为这是历史事实。因为不仅《三国演义》里写得明明白白,还正经八百有正式出版的古书可以证明,如《三十六计》一书。"空城计"是三十六计中的第三十二计,书中解释此计之义,是"虚虚实实,兵无常势",并说"虚而示虚,诸葛之后,不乏其人"。这就是说,打仗用兵要虚虚实实,让对手琢磨不定。明明自己力量虚弱,偏偏把虚弱之势显示给敌人,使人生疑误判。这种计谋,在诸葛亮使用之后,也有不少人用过。按书中这个说法,那诸葛亮就是空城计的首创者。

然而,前一阵看到一篇文章,说诸葛亮设空城计的事,历史上根本不存在，而且是历史专家早就证明过的。这才知道自己不学无术，懵懂了大半辈子。

我最近又查了查资料，整理了一下这件事。

所谓诸葛亮使用"空城计"的事，陈寿原著《三国志》中确实根本没有。西晋时期，有个叫郭冲的人搞出了一个《条亮五事》（不知是文章还是书），记录了诸葛亮的五件事，其中第三事即讲了诸葛亮版的空城计故事。到东晋末、南北朝初，著名史学家裴松之为《三国志》做了最权威的注释，其中在《诸葛亮传》注释中具体列出并批判了《条亮五事》中的说法，认为郭冲讲的故事在时间、地点、人物上与历史全对不上号，"故知此书举引皆虚"。郭冲这人至今籍贯生平不详，也亦因此事被历史记载下来。所以，诸葛亮用空城计的故事，说不清属于民间传说还是道听途说，抑或是郭冲的杜撰。当然，也有现代研究者认为，即使郭冲说的故事与历史记录全对不上号，那也不能证明这事就真的不存在。这说法在逻辑学上可能也有些道理，不过真要讨论起来就太专业了，咱就不细琢磨了。但可以推论，一千多年后的罗贯中写《三国演义》时，说诸葛亮使用空城计，其蓝本可能就是用了郭冲讲的那个不靠谱的、不大被史学界承认的故事。

至于"三十六计"的说法，专家有考证，这个用语最早出现在南北朝时期，是从《南齐书·王敬则传》中"檀公三十六策，走为上策"一语演化而来。檀公即指当时南朝宋的大将檀道济。后来到了大宋朝，一本名为《冷斋夜话》的书中才有了"三十六计，走为上计"这个与现代一致的说法。到明末清初，这个话成了社会上的常用语，再后来，才有人编了我们现在看到的这本《三十六计》，而"此书为何时何人所撰，已难确考"。

再回头说"空城计"这条军事妙计。《三十六计》一书中说

"诸葛之后,不乏其人",这话也不准确。一是诸葛亮没用过此计,二是在诸葛亮之前,可早就有人用过。

据《左传·庄公二十八年》记载,公元前六六六年秋,楚国子元率兵伐郑国,到了郑城,看到的却是外城的城门大开,城闸都没放下,大兵直入城中街市,空空如也。子元心中顿生疑窦,心说大事不好,肯定藏着埋伏!就赶快下令退出城外按兵不动。后来又得到情报,说郑国救兵快到了,子元只好连夜撤兵。有人考证,说这就是当时郑国大臣叔詹用的空城计。

据《史记·李将军列传》载,西汉李广将军任上郡太守时,有一次从宫中来了个大人物,随身有几十名骑兵,路遇三个匈奴兵,双方打起来,汉兵却被打得落花流水,大人物还受了伤。李广急忙带了一百人骑马去追,追到几十里外,将三个匈奴骑兵杀了二人,活捉一个。时已黄昏,李广刚要回撤,发现匈奴又有几千人赶来,已经到了两边的山上,估计是跑不了了。李广灵机一动,不撤了,却命令大家迎上去,在距离匈奴兵二里地时又命令都下马解鞍,就地休息。其实李广此意就是要让匈奴疑心。匈奴兵远望之下,还就真以为这是一个诱敌之计,一直也没敢贸然进攻。相持到了半夜,居然还是匈奴兵先撤走了。这里李广的计策,虽然没有城,但符合空城计"虚而示虚"的核心原则。

古代历史上空城计的例子其实有很多,值得再举的还有一条,也是在三国时期。诸葛亮没用过空城计,但西蜀大将赵云赵子龙却真的用过。在《三国志》一书的《赵云传》注释中,裴松之附录了些称为"云别传"的内容,这些内容可未见有后世专家否认过。"云别传"中记载,曹操为进攻汉中,先向北山积粮运米。西蜀大将黄忠带兵去劫米,久久未还。于是赵云带了数十人前去接应,路上却恰好遇到了曹操大部队,只好且战且退。退到一处蜀营中后,眼见曹操大兵渐渐围追过来。有人提出要关闭营门死守，可是赵云却命令大家把营门大开，并偃旗息鼓，停止一切动静。曹兵追到，见营中一片寂静，怀疑必是伏有奇兵，踌躇不敢攻营，最后下令掉头回撤。而赵云此时又突然下令擂鼓，强弓硬弩向着退去的曹兵背后一通猛射，吓得曹兵自相践踏，落荒而逃。第二天刘备来到赵云营中，视察战场、听汇报，然后感叹地说："子龙一身都是胆也！"从这一则记载来讲，我觉得说赵云用过空城计是靠谱的，而且我觉得赵云这人确实文武全才，佩服。

诸葛亮说的"贤臣"们

又读了一次诸葛亮的《前出师表》。当"亲贤臣,远小人"这一句进入眼中的时候,忽然想到,这可是诸葛亮在"临表涕零",是出征远行前含着眼泪对后主刘禅的谏言,好感动。这话,饱含着一个老臣对君主的耿耿忠心,这在封建社会可是一种宝贵的职业道德。同时这话中还含有一种长辈对年轻君主的叮咛嘱咐,这样说并不过分。诸葛亮是刘备创建西蜀事业的第一功臣,与刘备的关系是君臣,也是情同手足的战友。《三国志》记载得明明白白,刘备去世时,对诸葛亮说的是:"若嗣子可辅,辅之;如其不才,君可自取。"而对儿子刘禅的遗诏则是:"汝与丞相从事,事之如父",即你要跟着丞相做事,对丞相要像对父亲一样。

我细细琢磨了"亲贤臣"这三个字。诸葛亮即将出征,此时对刘禅的嘱咐不可能只是个空泛的大道理,必有具体所指。指的是谁?在表中就有。诸葛亮说了:"侍中、尚书、长史、参军,此悉贞良死节之臣,愿陛下亲之信之。"再具体的也说了:"侍中、侍郎郭攸之、费祎、董允等,此皆良实,志虑忠纯",这些都是行政管理人员;又说:"将军向宠,性行淑均,晓畅军事",这是军事管理人员。应该说费祎、郭攸之、董允、向宠这四人,就是诸葛亮认为值得刘禅信任、依靠和亲近的贤臣。那么,这四个人究竟够不够这个"贤"字呢。

撇开小说《三国演义》中的描述，我们只看《三国志》的历史记载，会发现有个十分奇怪的情况，即《三国志》中只有《费祎传》和《董允传》，并充分肯定了他们的才干和品行，而对将军向宠，则只是在他叔叔向朗的传记后附了一个简短的介绍。至于郭攸之，居然根本就没有专门的传记，反而在其他人的传记中还找到有对郭攸之一些负面评价的记载。如此厚此薄彼，好像透露出《三国志》的作者陈寿与当事人诸葛亮，对这四人的看法有明显差别。我于是把这事理了一理。

《三国志》对费祎、董允的记载中，都引用了诸葛亮在《前出师表》中对他们的评价："侍中、侍郎郭攸之、费祎、董允等，此皆良实，志虑忠纯，是以先帝简拔以遗陛下。愚以为宫中之事，事无大小，悉以咨之，必能裨补阙漏，有所广益。"这似乎可以说明，陈寿是赞同诸葛亮对这二人的评价的。

据《费祎传》记载，这人极其有才，为人做官都称得上高风亮节，说他"雅性谦素，家不积财。儿子皆令布衣素食，出入不从车骑，无异凡人"。在辅政为官上，他讲团结，善于调和人事关系。当时军师魏延与长史杨仪两个重臣不和，吵起架来声泪俱下或拔刀相向的时候，只有费祎能够插到中间劝解安抚，以至人们公认说诸葛亮在世之时，魏延与杨仪能同朝尽力，没闹出大事，都是费祎的功劳。在处理国家大事上，他极具外交才能，多次出使吴国，面对东吴大群辩士的非难，费祎侃侃而谈，辞顺义笃，据理以答，终不能屈。孙权曾费尽心机想把他挖到东吴，但费祎始终不改自己对西蜀的忠贞。要说诸葛亮对费祎的器重，也是旁人所不及的。诸葛亮南征结束回朝时，大臣们都到几十里外迎接。诸葛亮不顾其他比费祎官大或年纪大的人，独独把费祎喊到自己的车上，同载同行，以示重视。诸葛亮去世后，费祎当了军师，不久又当上了尚书令。公文繁复，但他看一眼就能明白且过目不忘，处理速度数倍于人，而且居然可以一边吃早饭一边接待来访宾客，一边还与人下棋，谈笑风生，使来人都很高兴，还不耽误事。可惜的是，在西蜀延熙十六年的岁首大会上，即诸葛亮去世十九年后，他被魏国的一个奸细刺杀身亡，西蜀痛失一位大贤臣。

再说董允。据《董允传》记载，诸葛亮上表时，他在朝中任黄门侍郎，为人"秉心公亮"。他后来升任侍中之职，专门统领宫中宿卫亲兵，处事能力强，既能防患于先，也善于事后匡救补牢。后主刘禅好色，总想扩充后妃数量，让董允去办，但董允却坚持说制度规定后妃之数不能超过十二人，不能增加，不能办，搞得刘禅也没办法。刘禅宠幸的一个名叫黄皓的太监，老是打扮得漂漂亮亮的，想去接近和讨好刘禅。董允见了，总是严肃地劝说刘禅这样不好，并经常对黄皓加以斥责，使黄皓见了董允就害怕。所以在董允生前管事的时候，黄皓还真没敢做出后来的那些太坏、太出格的事，还没能被养成祸害蜀国的大奸宦。可见诸葛亮认为董允是值得托付给后主刘禅以保西蜀基业的贤臣。

至于将军向宠，附在《三国志》中的记载十分简略，只讲了一件事，说当年刘备秭归战败时，唯独向宠妥善保存了兵力，然后就引了诸葛亮在《前出师表》中推举向宠的那句话，即"将军向宠，性行淑均，晓畅军事，……营中之事，悉以咨之，必能使行陈和睦，优劣得所也"，即说向宠性格稳重，处事公正，军事指挥之事，多听向宠的意见，可以使军心团结。向宠在延熙三年蜀国"征汉嘉蛮夷"的战争中遇害，距诸葛亮去世仅六年。陈寿对向宠的介绍，不知为什么如此简略，虽然只记载了一件事，但也引了诸葛亮一句评价，似乎也还是同意诸葛亮对向宠的评价的。

最后来说郭攸之。他是诸葛亮在《出师表》中点了名的"贤臣"，但陈寿在《三国志》居然不为其立传，为什么？我看网上有人猜，说这是因为郭攸之官小。郭攸之职任侍中，是宫中近臣，在西蜀可是大官，说不通。也有人说，是因为陈寿写书时手中没有郭攸之的资料。连郭攸之这等人物的资料都没有，陈寿怎么敢写《三国志》？这也说不通。最关键的是，在陈寿的《三国志》里还能查到一条涉及郭攸之的记载，是在《廖立传》中，但内容却与诸葛亮对他的评价全然不一致。

查《廖立传》，才发现廖立这人还真有些特别。此人早年追随刘备受重用，任过长沙太守、巴郡太守、侍中等要职，但后来却被贬为长水校尉，而且最后又犯事，干脆被革除公职流放到乡下种地去了。一开始的时候，诸葛亮对廖立也是十分看重的，曾夸他是能赞兴刘备事业的"良才"。但这人有个致命的毛病，就是性格自大张狂，以才能自居，除了诸葛亮谁也不服，认为西蜀除了诸葛亮就属他了，而且总觉得未被重用而心有不满。他被贬长水校尉后，曾私下议论，说先主刘备当年争夺东吴三郡是个战略失误，说关羽失败身死是逞一勇之能，说谁谁谁谁都不过是"凡俗之人"等。这事被人打了小报告后，引得诸葛亮大怒，立刻上表弹劾，说他"诽谤先帝，疵毁众臣"，"坐自贵大，臧否群士，公言国家不任贤达而任俗吏"，然后廖立就被直接流放汶山郡为民去了。就是这位廖立，在议论那些"谁谁谁谁"时说道过："中郎郭演长（郭攸之字演长），从人者耳，不足与经大事，而作侍中！"即郭攸之这个人，不过是跟着别人屁股后面转的人，担不了大事，居然还能做侍中！廖立其人虽狂妄自大不可取，但不等于他说的话全无道理。耐人寻味的是，陈寿引了廖立这话，却并没有驳斥这话，难免令人猜想陈寿也许是赞同这话的吧。

多说一句，廖立这人在汶山郡带着妻子儿女自耕自养，并不自暴自弃，但听说诸葛亮死讯时，却放声大哭，认为这辈子是真没有出头之日了。

堆了这么些资料，把诸葛亮在《前出师表》中推奖的几个贤臣的情况，从《三国志》中大致上扒了出来。结论是，政治家诸葛亮在人们心目中是神一样的聪明、精明，但他认为是贤臣的人，历史学家陈寿也可能不认为够得上贤臣的资格。当然，这事我说得更不算。

关于"贤臣"的补白

诸葛亮在《前出师表》中推荐"贤臣"时，除了讲费祎、郭攸之、董允、向宠四人，还有一句说道，"侍中、尚书、长史、参军，此悉贞良死节之臣，愿陛下亲之信之"，这不也是诸葛亮说的"贤臣"？

"侍中、尚书、长史、参军"八个字，也算一份名单，但只列了职务，没点出具体姓名。三国时期的官秩品级有点乱，我自己从来也没理清过。大概来讲，这个职务名单之中，侍中、侍郎，是皇帝身边辅政的近臣，当时指的就是郭攸之和费祎两人；尚书，是当时在宫中协助处理公文政务的官，指的是陈震；长史此处指张裔，是丞相府的主要辅佐官；参军指蒋琬，是丞相府主管军务的辅佐官。这就是说，除了我介绍过的费祎、董允、郭攸之、向宠之外，还有陈震、张裔、蒋琬三个人也可以算是诸葛亮认为的贤臣，希望后主刘禅要"亲之信之"。

这三个人的情况，过去看《三国演义》时太不认真，只记得有个蒋琬，他是在诸葛亮去世后升为尚书令，实际统领国事的，但对陈震、张裔，基本没啥印象。按《三国志》的记载，这三人，似乎诸葛亮对蒋琬最为看重，且后人的历史评价，也似乎是蒋琬最高。

先说蒋琬。蒋琬字公琰,湖南人,少年时即以才干闻名乡里,后入蜀加入了刘备阵营,当了广都长(广都地方官)。有一次刘备下去巡游,还有点突击检查工作的意思,到了广都进了官衙,却见蒋琬大白天不理政务,正小酒喝得个酩酊大醉。刘备大怒,要治他个怠政的死罪。这时,是诸葛亮赶快求情,说:"蒋琬,社稷之器,非百里之才也。其为政以安民为本,不以修饰为先,愿主公重加察之。"这意思,是说蒋琬可是个管理国家的大才,在这小地方当芝麻官,用不着天天忙碌。而且他干事是以安民为本,是务实派,不搞什么花架子,您千万再考虑考虑吧。刘备看诸葛亮的面子,这才只把蒋琬免官了事。这事可见诸葛亮对蒋琬的评价与赏识,所以蒋琬不久后又被起用当了什邡令。刘备事业初成当上汉中王后,蒋琬被调入中央朝廷,做了尚书郎。刘备去世后,刘禅继位,诸葛亮成立了自己公开处理事务的衙门,立即选蒋琬到自己的衙门里先做东曹掾,后升任丞相府参军、长史之职。诸葛亮远离成都驻守在外之时,丞相衙门事务都是蒋琬会同张裔留守负责处理,诸葛亮出征作战之时,则都是蒋琬负责后方保障,"足食足兵以相供给"。诸葛亮常对人说:"公琰(蒋琬)托志忠雅,当与吾共赞王业者也",这是公开告诉大家蒋琬是自己事业上最重要的左膀右臂。而且诸葛亮曾经给刘禅秘密上表说:"臣若不幸,后事宜以付琬",明白表示自己身后应该由蒋琬当接班人。二三四年诸葛亮去世,刘禅听了诸葛亮的话,让蒋琬接了诸葛亮的班,当上了尚书令、大将军,后又加封大司马,总领西蜀军政大权。在西蜀失去诸葛亮,朝野人心不稳的时期,是蒋琬挑起了西蜀重担,兢兢业业地、出类拔萃地工作,使得众望渐服,政权平稳度过艰难时期。蒋琬这副担子挑了十二年,二四六年在筹备北伐事务中病逝。可以说,蒋琬才干颇有诸葛遗风,当接班人不负诸葛亮所托,无愧贤臣称号。

再说陈震。陈震字孝起,"南阳人也"。诸葛亮祖籍山东,但挂在口边的是"躬耕南阳",所以陈震可以算诸葛亮的一位"南阳老乡"。陈震是刘备时期的一个老臣,随刘备入蜀,做了蜀郡北部都尉,后因改制,成了汶山太守。他是在诸葛亮上《前出师表》前二年进入中央朝廷当的尚书令。《三国志·董刘马陈董吕传》记载的陈震事迹,主要是一次外交行动。东吴孙权宣布称帝时,陈震作为西蜀使节前往祝贺,所带的祝贺文书分析了天下三分的形势和吴蜀联合抗曹的大局,坚定了孙权联蜀讨曹的决心。孙权亲自与陈震升坛歃盟,约定了东吴、西蜀各自势力的地理范围。这在当时,对于相对弱势的西蜀可是一个重大的外交胜利。陈震回蜀后就被封了城阳亭侯。还有一件事,在陈震出使东吴时,诸葛亮曾托他给在东吴的哥哥诸葛瑾捎了一封信,信中介绍这位"南阳老乡"时说:"孝起忠纯之性,老而益笃",就是说,陈震这人做事忠诚、心地纯净,而且这个性格年纪越大越是如此。以这个评价,陈震当然可以归入"贤臣"一类。

在诸葛亮与陈震的关系中,我们还可以发现,清廉勤政的诸葛亮,似乎还有个挺深的"南阳老乡"情结。托陈震给哥哥捎信,就不能排除有些"南阳老乡"们互相往来关照的意思。更明显的还有一件事,也被记载在《陈震传》:在西蜀还有另一个南阳老乡叫李严,字正方,后改名李平。这人有才干、有战功,诸葛亮一直赏识、关照他,让他当上了尚书令。可这人的毛病太恶劣了,诸葛亮出征在外,他为了掩盖自己在粮草供应上的问题,居然在诸葛亮与后主刘禅之间假传圣旨,两头蒙骗,事情败露后,被直接废官为民。为此事,诸葛亮曾经给蒋琬、董允写过一封信,说:"孝起前临至吴,为吾说正方(李严)腹中有鳞甲,乡党以为不可近。吾以为鳞甲者但不当犯之耳。不图复有苏、张之事出于不意,可使孝起知之。"乡党,就是指同乡同党的朋友。古代户口管理,五百家为一党,一万二千五百家为一乡,合而称乡党。诸葛亮信中的话翻译过来就是:陈震出使东吴前曾和我说,李严这人肚子里可有些绝不让别人能知道的东西,咱们南阳老乡们都觉得这人不能亲近。我当时说,他既然不想让人知道,你们别较劲就行了。哪想到现在竟干出这种假传圣旨、欺上瞒下的事来,你们把这事也赶紧告诉陈震一声。您听这个话茬儿,透着浓浓的"南阳老乡"情结。

最后说张裔。张裔字君嗣,成都本地人,是个研究《春秋》《史记》《汉书》的专家,为人做事"干理敏捷"(干练理智,聪明快捷)。还有人说他是"钟元常之伦也",钟元常即三国时期大书法家钟繇,可见张裔书法上也必有不凡造诣。张裔原在刘璋部下,刘备入蜀,刘璋不敌,曾派张裔为使者与刘备谈判投降事宜。刘璋降后,刘备任张裔为巴郡太守,又改任益州太守。没想到那时益州的地方势力已经勾结和投靠了东吴孙权。张裔一去上任便被绑架,给送到东吴去了。诸葛亮对张裔这个人才一直记挂在心。直到刘备死后,诸葛亮派邓芝出使东吴时,特意嘱咐要把张裔带回来,而孙权当时还不知张裔是个人才,便答应了邓芝的要求。张裔随邓芝连夜兼行回蜀,孙权悔之已晚。

张裔回蜀后,诸葛亮让张裔做了参军,并代理丞相府事务,极得诸葛亮信任。张裔对诸葛亮评价甚高,但并不存心攀附。要说诸葛亮在蜀国,那也是享受"个人崇拜"待遇的。诸葛亮外驻汉中时,有一次张裔要出差汉中向诸葛亮请示工作,结果来给这位丞相身边大红人送行的人居然"送者数百,车乘盈路",而且一路之上"昼夜接宾,不得宁息",别人都觉得这是好事,可张裔却根本不以为荣耀和得意,给好友写信说,人家这是敬丞相呢,却把我们折腾得要死!但另一方面,他有个发小叫杨恭,早死,他敬杨母如自己的母亲，遗孤才几岁，都是他悉心抚养长大，为之娶媳妇、立门户，置买田宅产业。如此有学问、有骨气、有义气，恐怕这也是他被诸葛亮看重的原因，算贤臣。

三个人的事都在《三国志》里摆着。我从《三国志》里刨出来这些，无非是想朋友们省点再去刨的力气。不过有一点发现还是自豪的，就是神一样的诸葛亮，居然也有挺深的"南阳老乡"情结，过去可没想到。

诸葛亮的短板

诸葛亮这个人，神了。无论在他生活的三国时期，乃至跨越两千年到了我们生活的今天，在国民心目中，他都有绝好的人缘。好到什么程度？就是谁都只说诸葛亮的优点、长处，谁也不愿意说诸葛亮有什么缺点、不足。在读《三国志》的时候，我又发现，居然近两千年前的作者陈寿似乎也是这种心情。陈寿在评价诸葛亮时，有一句话特别有意思。他先说："诸葛亮之为相国也，抚百姓，示仪轨，约官职，从权制，开诚心，布公道"，就是说他关爱百姓，以身作则，精简官员，遵规守章，诚以待人，主持公道，都是优点。接下来又说："邦域之内，咸畏而爱之，刑政虽峻而无怨者，以其用心平而劝戒明也"，"刑政虽峻"四个字，分明含有说诸葛亮的刑法制度过于峻厉的批评，是缺点，但是却藏在了人们对此也"无怨"的评价之中，藏在夸赞他"用心平而劝戒明"，即处事公道、执法不留情面的优点中来说。这其实就是不忍心明说诸葛亮的缺点。

但金无足赤，人无完人，诸葛亮当然也有自己的缺点。从《三国志》中读诸葛亮，细心些就可以从许多事实中体会出来。我就狠下心，说一个诸葛亮的短板，这短板就在识人、用人上，他会被部下有才华的外表蒙蔽，会受个人感情因素的绑架，因感情因素养痈成患。这个短板也是隐藏在他爱才、惜才的优点下面的。

还是要举"失街亭、斩马谡"的例子。因为诸葛亮错用马谡，除了爱才之外，还有重要的感情因素背景。这要从马谡的哥哥马良说起。《三国志》中有《马良传》，而对马谡的介绍只是附在《马良传》后面。马家是襄阳人，兄弟五人，以大哥马良为首，都是出了名的有才。大哥马良比诸葛亮年纪大，在刘备占据荆州时加入刘备阵营，与诸葛亮的关系很不一般。刘备入川后，马良留守荆州，曾给诸葛亮写过一封信，其中有一句："闻雒城已拔，此天祚也。尊兄应期赞世，配业光国，魄兆见矣。"即说，听说雒城攻下来了，这可是老天的福佑。尊兄你就是命中注定来辅佐主公、成就大业的人，这就是明显的征兆。请注意，信里马良对诸葛亮不称长官而称"尊兄"，裴松之为此作了注释，说是因为马良与诸葛亮是拜了把子的兄弟，诸葛亮是要管马良叫"大哥"的（互称尊兄是文人间的敬词）。

刘备称帝后，马良任侍中，在招纳五溪蛮夷时立了大功，后在刘备与东吴的夷陵之战中死于战场。所以，诸葛亮对于马良的亲弟弟，感情要远远超出上下级关系。马谡虽然只比诸葛亮小三岁，但在大哥死后，对诸葛亮也真比自己的亲大哥还亲。亲到什么程度？马谡自己说，情如父子！《三国志》书中所附的史料记载，诸葛亮上了《前出师表》的那次出征，马谡去送诸葛亮，依依不舍，一送竟然送出几十里地。街亭失败，马谡问斩，临刑前还给诸葛亮写了一封信，说："明公视谡犹子，谡视明公犹父，愿深惟殛鲧兴禹之义，使平生之交不亏于此，谡虽死无恨于黄壤也。"这话里的感情，还真说明了"情同父子"。马谡甘心受死，并说古代大禹的父亲鲧治水失败被处了死刑，反而更彰显了大禹治水的英名。自己也愿意以自己的死彰显诸葛亮治军执法的严肃性，死而无憾。这一发自肺腑的真情流露，当时即令诸葛帐下"十万之众为之垂涕"。平心而论，马谡本是个人才，但被诸葛亮宠坏了，从另一个角度说，也是毁在诸葛亮的感情用事、迷失理智上,不值,真惨。而且,更早以前,以刘备那样至尊的身份,临去世时,居然已经专门叮嘱诸葛亮说:"马谡言过其实,不可大用,君其察之!"这分明可以看出,刘备早就对诸葛亮宠用马谡有看法(恐怕朝中大臣们更有看法)。刘备这话,针对的也分明不是马谡这个小人物,而是临死时都不忘指出诸葛亮的这个短板。这可是刘备的临终遗言,这批评的分量得有多重!可惜,诸葛亮就是没听进刘备的话。

再说另一个例子。诸葛亮部下中有一对水火不容的冤家,就是魏延和杨仪。这两个人,魏延是军事上的领兵作战之才,杨仪是管理上的统筹调度之才,一武一文,都是极受刘备、诸葛亮赏识,是西蜀事业的得力干将。刘备死后,魏延封为南郑侯,任前军师、征西大将军,杨仪则在诸葛亮身边,做诸葛亮丞相府的长史。可这两人,就是互不买账。

魏延"善养士卒,勇猛过人,又性矜高",即特别善于带兵,作战勇猛过人,但自恃屡建军功,傲气凌人。在军事谋略上,他认为攻魏不必总是出岐山,建议可以向东到子午谷再直插向北,直接先占长安。诸葛亮没有采纳,他就"常谓亮为怯(胆小),叹恨己才用之不尽"。而杨仪这人呢,"性狷狭",即小心眼,看不起人,也不容人。见到别人资历不如自己却与自己同级,居然就可以"怨愤形于声色,叹咤之音发于五内",即满脸怨愤,狂呼不平,搞得人见人怕。这两人,谁也不服谁,谁也不怕谁,两人"有如水火",甚至到了"每至并坐争论,延或举刀拟仪,仪泣横集"的地步,一个要拿刀宰人,一个是连哭带骂。这就要说到诸葛亮的短板了。对这两个人,《三国志》载,"亮深惜仪之才干,凭(倚仗)魏延之骁勇,常恨二人之不平,不忍有所偏废也",对谁也舍不得严厉批评,整个一个束手无策,一闹事,反而是让费祎去劝和,一直就这么凑合着。

　　最后的结果，五丈原前线，诸葛亮病死，杨仪在总部、魏延在前军，矛盾终于总爆发。诸葛亮临死前，曾向杨仪、费祎、姜维等交代了自己死后的退兵次序，是让大军先撤，魏延的前军断后。没想到，费祎到前军向魏延传达命令，魏延根本不听，说："丞相虽亡，吾自见在。府亲官属便可将丧还葬，吾自当率诸军击贼，云何以一人死废天下之事邪？"又说："且魏延何人，当为杨仪所部勒（管束），作断后将乎！"可见这口气还是冲着杨仪去的。等发现杨仪等人真的要率兵开始撤了，魏延更是怒上加怒，理智全失，居然又率领自己的部队抢先南撤，还烧掉了一路经过的栈道，欲将大军置于死地。然后杨仪、魏延都抢着向刘禅告状说对方叛变。这事魏延当然亏理，所以朝中多数人还是相信了杨仪的说法。最后，是魏延先撤到南谷口，又回头与后面撤回来的杨仪等大军开了战，杨仪派出的战将王平在阵前大喊一声："公（诸葛丞相）亡，身尚未寒，汝辈何敢乃尔！"一句话彻底瓦解了魏延这边的军心，立时溃散。魏延带儿子逃亡，后被马岱追杀，带回了项上人头。杨仪见了魏延人头，那是恨得上脚就是一通踩踏，大骂："庸奴！复能作恶不？"这是一场悲剧，以文武不和始成痈，以诸葛爱才惜才放任不管而成患，损害的是蜀国北征大业，这么说，不过分吧？

　　这里还要补充说几句，当初听三国故事时，是说诸葛亮会看相，看魏延天生有一块反骨，结果真反了。这是把魏延当叛徒钉在耻辱柱上。现在看《三国志》，发现所谓魏延叛国这事，还真的要打个问号。魏延失去理智，不服从撤兵计划，但并没有去叛变投降曹魏阵营。他诬告杨仪叛变，也还是在向国君刘禅告状，是把蜀国还看成是自己的朝廷。这可以说是一场兵变，但并非叛国。反观杨仪这人，诸葛亮在世时，当上了有实权的丞相府长史，还总埋怨提拔太慢，诸葛亮死后，依然故我，全不收敛，最后居然对费祎说什么"往者丞相亡没之际，吾若举军以就魏氏，处世宁当落度如此邪！令人追悔不可复及"，他后悔的是，诸葛亮死时就应当率兵投降魏国，肯定能比在蜀国混得好。这才是真的有叛国之心。后来费祎把这话密报了刘禅，杨仪被废官为民，发配到汉嘉郡，但他仍不思改悔，"复上书诽谤，辞指激切"，朝廷便下令逮捕，杨仪最终也自杀了。

写完以上这些，我反省了半天，觉得这些丝毫没有动摇自己原来对诸葛亮的敬仰热爱之心，而是觉得对诸葛亮这个人更了解了，觉得他也是一个七情六欲俱全的、真实的人，因此更令人感到亲切亲近。诸葛亮是伟人，不是神。

聊聊失街亭里那个王平

失街亭的故事,家喻户晓。故事里的主角,自然是诸葛亮和马谡,再排一个,得算司马懿。至于那个奉命协助马谡的王平,好像只能算个熟脸,在故事里只算个打酱油的角色,真正了解他、关注他的人并不多。所以我想深入了解一下这位王平。

查了些资料,还是先从小说《三国演义》里描写的王平说起。失街亭的故事就在书中第九十五回和第九十六回。马谡自告奋勇去守街亭,并立下了军令状,于是诸葛亮拨给他二万五千兵马。但诸葛亮深知"街亭虽小,干系甚重",对马谡仍然不放心,为加大保险系数,又加派王平同去协助。诸葛亮还对王平说"吾素知汝平生谨慎,特以此重任相托",并谆谆叮咛王平"下寨必当要道之处","安营既毕,便画四至八道地理形状图本来看",最后四个字是"戒之、戒之"!马谡带兵到了街亭,王平说要按诸葛亮的嘱咐在路口边安营下寨,可马谡刚愎自用,根本不听,偏要上山安营,说什么"凭高视下,势如破竹"。王平苦劝无果,只好提出自己再去山下西边十里安个小寨,形成掎角之势,以便有事互相呼应。马谡答应了,但只拨给他五千人马。司马懿大兵来到,第一招先将山上马谡主寨团团围住,第二招断了山上水源,第三招又派张郃率兵专门堵防山下十里外的王平小寨,第四招就是沿山放火。马谡在山上如困铁桶之中，没有水连饭都吃不上，加上火焰上攻，兵马不战自乱，只好硬冲下山逃跑。司马懿大兵便随着一路追杀。王平无力救应，也只好向柳城边战边撤。至此街亭失守。

我也看过京剧的失街亭。在戏里说的是：马谡立了军令状后，诸葛亮又问"哪位将军愿保马谡同镇街亭，当帐请令"。这时是王平自愿站出来说"王平愿往"。诸葛亮说："好，王将军平日用兵谨慎；此番到了街亭，必须要靠山近水，安营扎寨。安营之后，必须画一地理图，送来山人观看。"及至到了街亭，戏中说的是：马谡不听王平之劝，非要上山扎寨。王平只好向马谡申请："可将人马各分一半，在山下扎一小营。倘若司马（懿）来时，也好作一准备。"京戏里，并没提马谡兵力共有二万五千，而且是把马谡与王平的分兵比例改成了一人一半。我觉得这京剧的剧本是有点粗糙得离谱，马谡是主将，山上是主营，怎么可能肯分一半的兵力给王平在山下另立的小寨！反正这个剧本已经演了几百年，也没见有人来较真。

丢了街亭，毁了诸葛亮一次战略进攻的大局，这责任当然要追究。回到汉中后，街亭败将们来交差，诸葛亮挥泪斩了马谡。至于王平，《三国演义》中写得比较简单，就是诸葛亮责问王平为何不制止马谡的军事指挥失误，王平则将过程如实报告，并说部下都可为这事作证，诸葛亮只将其"喝退"了事。而京剧《斩马谡》写得就热闹得多。先是诸葛亮唱：

> 返来覆去难消恨，抬头只见小王平。先前怎样对你论，靠山近水扎大营。失落街亭不打紧，反被司马笑山人。他道我平日用兵多谨慎，交锋对垒错用了人！

王平则接唱:

　　丞相不必怒气生，细听末将说分明：虽然失却街亭地，先有画图到来临。

诸葛亮又唱:

　　不是画图来得紧，定与马谡同罪名。

　　然后是下令将王平责打四十军棍完事。
　　总之，在小说《三国演义》和京剧《失空斩》里，诸葛亮、马谡，乃至司马懿，都有自己的亮点，都是在自己权力范围内说了算的人物。说到王平，更好像只是个陪衬，是个托儿，是马谡刚愎自用性格的反衬，是坚持认为诸葛亮用兵谨慎的潜台词。从文艺创作的角度看，讲一个好人犯错误的故事，特别是涉及诸葛亮这么一个人见人爱的大人物，作者们的这份苦心是可以理解的。
　　然后我们就可以去读记载在《三国志》里的王平的正式传记了。王平的传记，在《三国志·蜀书》中的《黄李吕马王张传》中，那里记载着一个历史上真实的王平。对于西蜀政权来讲，他可不仅是个打酱油的角色。
　　据记载，王平字子均，是巴西人，从小在姥姥家生活，随姥姥家姓何，叫何平，后来恢复了本姓，才叫王平的。
　　王平早年从军，是投在巴郡当地賨（音 cóng）人首领杜濩（音 huò）和七姓夷王朴胡的地方部队中。这賨人，就是现在我们土家族的前人，可见王平很有可能也是个少数民族。
　　二一五年，杜濩与朴胡依附了曹操，都被封以列侯的爵位，杜濩被任命为巴西太守,朴胡被任命为巴东太守。王平在随杜濩、朴胡去洛阳进见曹操时,在洛阳被任命为曹军的代理校尉,成了曹军军官。后来,刘备进兵西蜀,击败杜濩与朴胡,王平随曹军征汉,却又造反投向了刘备阵营。王平为什么要投刘备,《王平传》中语焉不详,但在《三国演义》中的故事可供参考。《三国演义》中说,当时王平隶属大将徐晃部下,徐晃攻到汉水,下令渡河扎营,王平认为不妥,但苦谏不听。结果被黄忠、赵云左右夹攻惨败。徐晃不知自责,反而迁怒于王平,认为王平救援不力,要杀王平。所以王平干脆阵前造反,投向了赵云的营中,后来当上了牙门将、裨将军。

街亭战役时,王平本就是隶属于先锋大将马谡的裨将。小说和京剧中说王平是诸葛亮派马谡去街亭时临时派去的助理,恐怕只是小说家言。但《三国志》记载,在街亭马谡决定舍水上山立寨时,确实是王平几次规谏马谡,但"谡不能用"。王平也确实驻在了主寨之外的另一个小寨,但是只有一千兵马,并没有小说里号称的五千之众或京剧里说的"一半"人马。

在街亭之战的过程中,马谡的主寨人马一时间大败星散,而只有王平见势不妙,就命令兵士们不得出寨迎敌,只是在寨中不停地擂鼓作势。曹军张郃来攻,见状心疑,怕另有伏兵,不敢强攻。于是,王平得以赢得时间与空间,率兵平稳后撤回家,不仅保全了自己的人马,沿途还收容了不少西蜀散败之兵。从这里我们可看到,王平在街亭之战的作为,完全是靠自己的军事指挥才能和临阵应变才能,而不是像小说和京剧里说的只是被动地坚持了诸葛亮的嘱咐。在直接参加街亭战役的人中,王平可以说是唯一有功无过的大将,不是打酱油的,而是闪着亮光升起的一颗将星。所以,据记载,街亭战后马谡被斩,而王平不仅没挨四十军棍,还"特见崇显",逐渐被重用、升官,后来是一路"加拜参军,统五部兼当营事,进位讨寇将军,封亭侯"。

诸葛亮六出岐山时在五丈原去世,魏延不听将令闹起内乱,并在回蜀路上堵杀杨仪率领的主力部队。当时杨仪派王平去对阵,是王平在阵前大喊一声"公(诸葛丞相)亡,身尚未寒,汝辈何敢乃尔"!一句话彻底瓦解了魏延这边的军心,使之溃败。西蜀内乱平定之后,王平有功,被封为安汉将军,又当上了汉中太守,过了几年,被封为安汉侯。这时的王平,已经成了西蜀政权举足轻重的重臣,一直驻守汉中,位封西蜀镇北大将军,有效地抵御了曹魏的几次进攻,成为西蜀北部砥柱之臣。

王平这人还有几个亮点。

《王平传》上说,他这人"长戎旅,手不能书,其所识不过十字",就是这人虽擅长带兵打仗,但基本是个文盲。可王平这位文盲可不等于就是个"粗人",他的一大爱好是让人给他读史书,特别是汉朝各代君王大臣的传记,而且一听就能明白,听了之后发表的评论还都很有见地。

诸葛亮夸王平做事谨慎,说他这人"遵履法度,言不戏谑",就是奉公守法,不爱开玩笑,无事之时,常常是自己一个人"从朝至夕,端坐彻日",所以有人说他"姗无武将之体"。这个"姗"字,多是古人形容女子美好形象的。说王平姗,用现在的话,就是说他从形象上看不出是一员武将。《王平传》中还说,这人"性狭侵疑,为人自轻",即心胸狭隘多疑,有些自谦过分,这也影响了他在事业上的更大进步。

读了《三国志》,我才觉得王平这个人的形象在心中具体而真实了。与《三国演义》和京剧《失空斩》里的王平有点像,像在做事谨慎,讲规矩。但又真不一样,谁能想到他竟还是西蜀后期一个守土重臣,谁能想到他还是个文盲,谁能想到他还有文静的一面呢?

管不住嘴的贺若弼

封建社会，皇帝至尊，权力至尊，一般来讲，都是权力说了算，皇帝说了算，不讲现代的民主。因此，官员百姓因言获罪的事常见。隋朝有个贺若弼就很典型。他曾经提心吊胆地警惕自己的嘴会得罪人，最终还是犯事在了这张嘴上。

《隋书·贺若弼传》载，贺若弼字辅伯，河南洛阳人。其父贺敦，在南北朝时的北周做金州总管，官不小，性子暴，史书称"以武烈知名"，就因为没管住嘴，遭权贵宇文护加害，被赐自尽。临自尽前，他把贺若弼叫到跟前，谆谆嘱咐儿子要继承自己平定江南的志愿，最后又说"吾以舌死，汝不可不思"，并命贺若弼伸出舌头，用锥子刺下去，刺得他鲜血满口，就是要让贺若弼在疼痛中记住，要谨慎口舌！

贺若弼也争气，从小立志，博览群书，文武双全，且为人慷慨，名气渐成，又被当朝齐王看中，起用为记室（秘书），后还封了个当亭县公，并升为小内史，到了皇帝身边。在官场上，他也似乎记住了父亲的话。有一次，上柱国乌丸轨对周武帝说"太子非帝王器"，还说，"臣亦尝与贺若弼论之（我这事还曾与贺若弼讨论过）"。周武帝立即召贺若弼来问。贺心知太子的地位是不可能动摇的，说真心话难免招祸，便管住嘴，昧着心说："皇太子德业日新，未睹其阙。"这事就这么过去了，但乌丸轨因此很不高兴，责怪他不说实话，不够朋友。贺若弼则说："君不密则失臣，臣不密则失身，所以不敢轻议也。"什么叫"密"？就是"不该说的不说"的意思。果然，等太子继位为宣帝后，乌丸轨便被杀，贺若弼却无事。

然而，贺若家管不住嘴的毛病似乎是遗传的，且力量还大于教训中得来的理智。改朝换代后，隋文帝登基，贺若弼又得到重用，当了吴州总管，又受命讨伐南陈，实现了父亲的遗愿，为隋朝统一天下立下汗马功劳，官拜右领军大将军、右武侯大将军，一时位尊望重。功成名就的贺若弼就又开始管不住嘴了，他一心觉得右仆射（即宰相）非己莫属，但后来居然是高颎和杨素当上了右仆射，而自己仍是将军，他心里就不平衡了，大发牢骚，怨望形于言色。这隋文帝是何等人，那是完成了统一大业的皇帝，哪里吃这一套，一怒之下，竟把贺若弼罢了官。没想到罢官之后，贺若弼还是继续发牢骚，而且越发越厉害，结果干脆被投入了大狱。皇帝质问贺若弼："我以高颎、杨素为宰相，汝每倡言，云此二人惟堪唉饭耳。是何意也？"贺若弼不服软，傲慢地回答说："颎，臣之故人，素，臣之舅子，臣并知其为人，诚有此语。"如此顶撞皇上，这在当时可是死罪，隋文帝念他毕竟是有功之臣，免了他的死罪，将他彻底罢官为民。要说隋文帝也还算念旧，一年之后又恢复了贺若弼的爵位，但终文帝在位时期，他也没有再被重用。

这还不是贺若弼最后的下场。至隋炀帝继位，贺若弼已然属于被疑忌疏远的人。大业三年，贺若弼从驾北巡。至榆林，炀帝要与突厥的可汗宴饮，为了气派，建了一个可容五千人的大帐。贺若弼又管不住自己的嘴，与高颎、宇文弼等人私下议论，说过于奢侈等等，被人告发。这一回，惹得不高兴的可是历史上有名的暴虐之君隋炀帝，二话不说，赐给他的是杀身之祸，贺若弼时年才四十六岁。

贺若弼管不住嘴的故事，挺让人感慨。不是说古人就没有任何是非观念，而是那时的权力观念大于是非观念。都说"吃一堑长一智"。贺若弼是个有学问有本事的人，他也知道管不住自己的嘴，一旦惹得皇帝或权贵不高兴，必然会倒大霉，甚至掉脑袋。何况他老爹还曾经煞费苦心地用锥子把他的嘴扎得满口流血，警告他要管住自己这张嘴，但也只是管住了若干年，最后，还是不行，还是本性难移，还是改不掉口不择言的臭毛病，还是毁在了这张嘴上。这种事，后人和世人见仁见智，莫衷一是。但细想想，也有一点发现，即历史有时也是一些管不住嘴的人在推动进步的，但这已经是另一个话题了。

中唐俊伟有刘蕡

毛泽东有一首人物诗名为《刘蕡》，诗曰："千载长天起大云，中唐俊伟有刘蕡。孤鸿铩羽悲鸣镝，万马齐喑叫一声。"

虽然我不大懂古体诗词，但读起来确实觉得有气魄。这诗起笔就是"千载长天"四个字，以代指历史、代指史册，好像是把人托上云头来俯瞰历史，看千古江山变迁，看历史过客风云，这气魄，确实不一般。诗中用了"孤鸿铩羽"和"万马齐喑"两个典故形容刘蕡所处的那个中唐时代。唐文宗大和年间，是个宦官专权、社稷倾危的年代，是有志之士人人自危、噤言噤声不敢说话的时代。刘蕡在历史上的留名，就因为他在那个众人铩羽齐喑的环境中敢于独自站出来为革除弊政"叫一声"，所以诗中欣赏称赞刘蕡这种舍身求法的勇气，称赞刘蕡可以算得"中唐俊伟"之人。

毛泽东的这首诗，发表在中央文献出版社一九九六年出版的《毛泽东诗词集》中。写作时间，只说是在一九五八年，没有更具体的说明。根据书中线索，我们查中央文献出版社的《毛泽东读文史古籍批评集》一书可知，毛泽东曾读《旧唐书》，并在《刘蕡传》中有过"起特奇"三个字的批语，可见毛泽东写这首诗应与读《刘蕡传》是有关联的，只是书中并未说明读《刘蕡传》的具体时间，令人无法更深入地了解这首诗与一九五八年那个具体时代的关系，令人遗憾。

那么,刘蕡究竟何许人也,使得毛泽东这样的大政治家对他如此赞许。

在《旧唐书》《新唐书》中均有《刘蕡传》。据记载,刘蕡字去华,是幽州昌平(即今北京昌平)人,唐敬宗宝历二年(八二六年)擢第的进士,"博学善属文,尤精左氏《春秋》",性格耿介嫉恶,对时政多年激愤在心,"慨然有澄清之志"。但两传中都没有其生卒年月的记载,历官任职过程也欠详。

大唐帝国从安史之乱后便逐渐走向衰败。刘蕡读书、做官的年代,应该是经历了顺宗、穆宗、宪宗、敬宗、文宗几位皇帝。按新旧两部唐书中《刘蕡传》所讲,当时已是"权纲驰迁(皇帝大权旁落)",朝中权宦们结党弄权并自称"北司",国家的大局面陷入"宦人握兵,横制海内","外胁群臣,内掣侮天子",甚至操弄国家"天子废立"大事的境地,搞得"天下愤之"。唐顺宗只当了八个月的皇帝,就被权宦俱文珍等所迫而退位成了太上皇。宪宗继位,在位十五年暴崩,当时就都知道其实是被宦官王守澄、陈弘志等杀害,但这个弑君大案,居然是"更二帝而不能讨",到敬宗继位并去世之后,也没查清和治罪,实际上是无人敢查。

唐文宗十八岁继位之后,自己也觉得这个皇帝不能再这么当下去了,有心重整朝纲,但苦于身边缺少人才,于是在登基的第二年(元和二年)亲自出题组织了这一年"举贤良方正"的策试。在这次贤良方正策试的诏文(试题)中,文宗表示自己想追求的是"古先哲王之治",表白自己在位一直"不敢怠荒",诚心努力"任贤",在"宵衣旰食"地工作,但可惜国家积弊太久,愿望一直未能实现,希望参试的儒生官员们的对策能直言朝政问题之所在,提出如何革除时弊、如何安抚民心的建议,并表示自己会亲览这些对策,择善而从。平心而论，这里面确实有想改革朝政的真心，但是诏文之中却又根本不敢提朝中宦官弄权这个明摆着的大弊，"王顾左右而言他"，又令人难以相信朝廷改革的决心。

这次策试有一百余人参加，刘蕡亦在其中。《旧唐书》中记载："时对策者百余人，所对止循常务，唯蕡切论黄门太横，将危宗社。"就是说，当时一百余人参加策试，所上对策的语言和内容，都是规规矩矩、缺少棱角的一般化议论，唯独刘蕡的对策笔锋直指宦官专政弄权危害国家的弊政。这是因为刘蕡本来就是抱着冒死进谏的决心参加这次策试的，他不管皇帝是否真的会亲览对策和真心求谏，他就是要在万马齐喑的黑暗中大叫一声，不管不顾地大叫一声，惊醒朝廷，惊醒社会。

刘蕡的对策，洋洋洒洒六千多字，基本上是全文收录在了《刘蕡传》中。这篇对策文，开篇就说："臣诚不佞，有匡国致君之术，无位而不得行；有犯颜敢谏之心，无路而不得进。但怀愤郁抑，思有时而一发耳。"这是毫不客气地说：我有治国的本事，但无治国的职权，我也有犯颜直谏的勇气，但没有说话的机会。所以一直怀愤郁抑，早就想发泄一通了。接着又说：现在有了对策的机会，我将不顾忌皇上有什么忌讳、朝廷有什么禁令以及试官们会不会录取，我是冒死写了这篇对策。一番话说得是不管三七二十一，一副披肝沥胆敢冒天下之大不韪的架势，真狂。

再接着，刘蕡在对策中说：皇上出的策题，说是想听听先古圣贤的治国之道，但现在问题的关键不是皇上不知道这些道理，而是皇上如何真的实行这些道理。皇上说自己是在日夜操劳，不敢荒废，但问题的关键不在于皇上自己如何操劳，而是在于如何用人，如何去除身边奸佞，起用和信任得力的贤臣。国家大业，本是艰难而成，如果不能委任贤士、亲近正人，早晚政权就会被人颠覆，造成宗庙之耻、万古之恨。这一通话,夹枪带棒,真是不给皇上面子。

刘蕡的对策文很长,咱古文功力不够,只能读个半懂不懂,半透不透。但看了之后,还是很感慨。刘蕡对照了大量《春秋》中的历史事例,直言对朝中政治形势的看法,矛头则是直指宦官专政弄权。他说,"昵近"宦官,这就是"不君之道",而朝中现状已经是五六个宦官在总天下大政,"外专陛下之命,内窃陛下之权","势倾海内",而且是君臣都不敢批评。君不君、臣不臣,则社稷将危。对这些事,朝中众臣并不是不想说,而是不敢说,是觉得皇上不会听取意见,反而会将意见泄露给那些奸宦们,惹来杀身大祸。

刘蕡又说,"治天下不可不知百姓之情",如今的实情,已经是海内穷困不堪,百姓生活不保,贪臣聚敛,奸吏弄法,官乱人贫,鬼神怨怒。皇上根本不了解下情,只是亲近那些宦官贵幸,封官加爵,靠他们管理国家,不知道政权已有土崩瓦解之势,如此下去,陈胜吴广赤眉黄巾之忧就在旦夕。当前最紧急的事,就是去耳目之塞,通上下之情,"去贪臣聚敛之政,除奸吏因缘之害,惟忠贤是近,惟正直是用"。

当然,刘蕡的对策文中还讲了许多具体的政策建议,如希望能大力提倡君子的以身作则,政策上要轻赋敛,救灾旱,广播植,正吏道,立规矩,兴学校,去淫巧,等等。但其中直言痛斥宦官弊政的内容,无疑是最震惊人心的。

最终结果是怎么样的呢?考策官冯宿、贾𫗧、庞严都对刘蕡的考卷"叹服嗟悒",即又赞叹又担心,但因为选中的卷子是要先送给宫中掌权的宦官们看后才能报到皇上手里的,他们根本不敢上报。结果,刘蕡居然落选了。而最后被选上报的二十三个人(也有说是二十二个人),《唐书》中说,中选上送的卷子,"所言皆冗龊常务",即都是些大话套话,缺少真知灼见。这事立刻引发朝廷内外舆论大哗。刘蕡落选了，但刘蕡的这篇对策却似传遍国中，赢得了天下正直之士的赞赏和共鸣。甚至有位被选中的河南府官员李郃也站出来说："蕡逐我留，吾颜其厚邪！"即说，刘蕡落选，我却入选了，我怎么能这么厚颜无耻呢！然后这位李郃又上书给文宗为刘蕡喊冤，大赞刘蕡对策无人能比，揭发考策官们害怕"言涉忤忤"而不敢上报，并说皇上是请天下人来直言，刘蕡说的就是直言，即使言语有过当之处，也是应该奖励，可不能降罪。还说，我自己的对策比刘蕡差多了，这事让我感到很羞耻，我愿意放弃入选，把资格让给刘蕡。朝中有的谏官、御史们也是"扼腕愤发"，准备进谏，一时之间物议汹汹。这一来，搞得宫中权贵们虽然不敢得罪宦官，但也不敢真的追究刘蕡的言论，只好采取息事宁人的办法，把这事糊弄过去了。李郃的上书，也并没有换来文宗皇帝的更正。可能他也知道，自己的实力不足以清扫朝中宦官弊政。

刘蕡落选了，但也因此出名了。中央朝廷不用刘蕡，但却有不满朝廷政治状况的山南东道节度使令狐楚（驻湖北襄阳）、山南西道节度使牛僧孺（驻四川兴元）先后对刘蕡伸出了橄榄枝，请刘蕡到自己的治下来做官，都是"授秘书郎，以师礼礼之"。刘蕡后来死在柳州司户任上。

平心而论，文宗举办这次策试，确有些想匡正时弊、励精图治、有所作为的意思。文宗摆出了架势，但尚无力挽狂澜的实力和决心，使得刘蕡的一篇冒死进谏的对策，终于只是投石入水，翻起几片涟漪而已，刘蕡的这一声大叫，划过长天之后，唐朝的政坛仍然归于黑暗，并未改变宦官专政、国势危倾的形势。

刘蕡写下那篇惊动人心的策试文后七年（八三五年），二十七岁的唐文宗对宦官专政弄权的政治局面也终于忍无可忍，搞了一场要诛杀权宦的"甘露之变"，但最终也失败了，被杀的朝中官员和被株连的人竟达一千多人，而文宗自己则是郁闷而死，唐朝宦官专政的黑暗局面仍然延续，直到唐朝末年。这些后话，恕不再详述。

　　刘蕡是北京昌平人，客死柳州。柳州百姓在柳侯祠旁建了一个贤能祠祭祀刘蕡。在北京，刘蕡昌平家乡也曾建有刘蕡祠，亦称"刘谏议祠"，香火曾经很盛，历代文人题咏颇多，后代之人的瞻仰不绝，说明公正自在人心。我翻看过北京古籍出版社一九九四年出版的《人海诗区》一书，其中"祠墓"部分就收有元明时期一些文人在北京刘蕡祠的题诗，有林春泽、郑善夫、吴师道、李东阳、程敏政、王鏊、唐顺之、黄佐等人，多为忧国忧民、刚直不阿、敢强其项之人，所谓物以类聚，人以群分，同声相应，同气相求也。感兴趣的朋友可以找来一观。但可惜刘蕡祠今已被毁，据说还剩有一方"刘蕡故里"的石碑，就在现在的昌平公园中。

唐三藏长啥模样？

要说唐僧唐三藏，大多数人是从《西游记》故事中知道的，而且都会觉得特熟悉，是熟人。可要问唐三藏这人究竟长啥模样，恐怕好多人就没想过。人们脑海里，唐三藏应该是个身披袈裟，手持锡杖，面容俊秀，举止儒雅的和尚样儿，这其实是过去小人书里画的那个，是电影、电视剧里演员演的那个。我这里说的，不是指唐僧的服装打扮，而是指人的五官模样、形貌特点。你去翻《西游记》吧，那里面对唐三藏的五官模样、形貌特点根本就没有专门的描写介绍。一本长篇小说，连主人公长什么样都不交代，这在现代小说里恐怕是不可思议的吧。

有人不信？其实我闲得无事，已经为这事把《西游记》翻了个遍，挖了个遍，抠了个遍，结果是：只找到了对孙悟空长相的一处描述，即第四回战巨灵神，说悟空是"一双怪眼似明星，两耳过肩查又硬"，这总算是写到了悟空的眼睛、耳朵、肩膀。而那个肩膀的"查又硬"，没去考证，所以至今还没闹明白相当于现代的什么词。

写猪八戒长相的也找到了一处，在第十八回高老庄，说他"卷脏莲蓬吊搭嘴，耳如蒲扇显金睛。獠牙锋利如钢挫，长嘴张开似火盆"，描写了八戒的嘴巴、耳朵、牙齿。

写沙和尚长相的也找到了，第二十二回大战流沙河，说沙和尚是"一头红焰发蓬松,两只圆睛亮似灯。不黑不青蓝靛脸,如雷如鼓老龙声",说他是红发蓬松、双眼圆亮、蓝靛色一张脸,说话声音苍亮如雷。

奇怪的是,就是找不到对唐三藏五官形貌的哪怕一句描写。这可真是个怪事!

吴承恩坚决不描述唐三藏的具体形貌,为什么?我猜想,可能与对佛教的尊崇有关。唐三藏师徒四人,取经前身份差别极大。悟空是个石猴成精,沙和尚是天宫卷帘大将,八戒是个天河水神,号称天蓬元帅,在佛教中讲,都还是没有修成正果、没有果位的"俗人"。唯独唐三藏,本来就是如来佛座下高徒,名金蝉子,是早已修成正果的了,不是佛、菩萨,起码也是罗汉等级,要按世俗话讲,那就是已经成过佛了。成了佛,那就是只有佛相,没有世俗所谓长相了。你看佛经,哪有具体讲到哪位佛的长相,说这位佛"天庭饱满,地角方圆",说那位佛"高鼻梁、大眼睛、双眼皮",说另一位佛是"豹头环眼大胡子"?没有!佛的形象,有法身、报身、应身,不像我们俗人只有一张脸皮样。你要说他是个什么样子,佛门讲话"说不得",即一说就是错的。吴承恩尊崇佛教,自然不会去描写唐三藏具体的五官形貌是什么样子。

话说回来,撇开《西游记》小说编的故事,唐三藏本是个历史真实人物,他当然有自己真实的长相。长什么样?这只能去历史书中查找了。在唐朝的一本《大慈恩寺三藏法师传》中,对唐三藏的长相有个具体描述。绕了半天圈子,我其实就是想给朋友们推荐一本值得看的书。

我看的《大慈恩寺三藏法师传》,是中华书局出版的,作者署名是唐三藏即玄奘大师的两个弟子慧立和彦悰。慧立曾参加玄奘取经回来后主持的译经工作二十年之久,与大师朝夕相处。玄奘逝世后，为表彰恩师功业，将玄奘取经过程写成书，即现在这书的前五卷，书成后雪藏在家，临终时才公之于世。玄奘另一个弟子彦悰，将慧立的五卷书加以整理，并又再添五卷，合为一书。所以这本书共十卷，作者署名为"沙门慧立本、彦悰笺"。这也可以说明，书中对唐三藏的描述应该是真实的。

这本《大慈恩寺三藏法师传》，真是十分好看，内容丰富、描写生动，记事传情、翔实准确。我是觉得，现在正值又一轮孙悟空热捎带起的唐僧热，别只看《西游记》小说，有兴趣的朋友，也可以捎带手看点历史书，长点历史知识。

这就该说唐三藏究竟长什么模样了。书中第十卷中有如下一段描述：

"（三藏）法师形长七尺余。身赤白色，眉目疏朗。端严若神，美丽如画。音词清远，言谈雅亮，听者无厌。或处徒众，或对嘉宾，一坐半日身不倾摇。服尚乾陀，裁唯细氎（音dié），修广适中。行步雍容，直前而视，辄不顾眄。滔滔焉若大江之纪地，灼灼焉类芙蕖之在水。加以戒范端凝，始终如一。"朋友们看仔细了，这就是大名鼎鼎的唐三藏。

形长七尺余。唐朝的一尺，有的专家考证约合三十厘米，那唐三藏的身高就成了两米一，这不大可信。有的专家考证则说唐代的一尺约合二十五厘米左右，则唐三藏身高也应有一米七五以上，这可能比较靠谱。

"身赤白色"，即皮肤红中透白。循理猜之，古代称铜色亦可曰赤，"赤白"则不妨理解为浅铜之色。去印度跋山涉水十几年取趟经，风吹日晒，又是热带，回来后再重新保养，皮肤是浅铜色，这个靠谱。

"服尚乾陀，裁唯细氎。""乾陀"是指印度的一种香树，古印度用其木的树汁染衣，呈褐色。"细氎"，是古代对细棉布的一种称呼，就是说唐三藏偏爱穿细棉布料的褐色衣服和袈裟。

其他的不用再说明。综合以上，唐三藏的模样就是：身高一米七五，肤色古铜，眉清目秀，形貌端庄，不苟言笑，常穿裁剪得体的褐色袈裟或僧袍，行动步态雍容，目光直视，神态庄严。人的气势如水流大地般自自然然，如清丽莲花般吸引人的目光。

这下我们可以知道唐三藏长什么模样了，真有大德高僧的范儿。《西游记》里那个唐僧，平时一脸正经，四体不勤、五谷不分，总端着个首长架势，但见了妖怪就吓得哆里哆嗦，上当被骗之后总爱念那个紧箍咒拿悟空撒气。这个形象比真唐三藏差得太远了。现在世人都喜欢"小鲜肉"们，但我还是觉得，唐三藏的历史真实形象更帅。

孙悟空的服装秀

光阴一转，进了农历猴年。放眼媒体上、微信里，处处在呼喊"猴哥"，透露着一股亲切。有的文章很严肃，比如说介绍猴子，就说猴子是个家族，说古人最早将"猴"字写成"夒"（音 náo），在甲骨文中的样子就像是一只正在搔首弄姿的猴子，又说猴子在中国的古籍记载中共有三十多种称谓，如猱（音 náo）、獶（音 náo）、猳（音 jiā）、玃（音 jué）、獑（音 chán）、狌（音 xīng）、狙（音 jū）、猿（音 yuán）、犹（音 yóu）、狖（音 yòu）、猦（音 fēng）、狒、猢狲、蒙颂、山魈（音 xiāo）、山都、马留、马化等等。一看就知道，这作者可是真学问！咱好歹也是大学文科毕业，可这些汉字却大多不认识，惭愧。

要想凑热闹，咱只能弄点俗的，去翻那本《西游记》，拿大家都认识的孙悟空说事。孙悟空家喻户晓，老明星、老熟人，早就是没有任何隐私可挖，想题目出新也不容易。想了半天，就选了说说孙悟空生命中的"服装秀"，说说孙悟空在生命的"秀台"上都穿过什么样的衣服，有什么样的打扮。

据《西游记》载，孙悟空本籍东胜神洲傲来国花果山，出生的时候没衣服、没打扮，是山顶上一块仙石迸裂生出的一个石猴，当然是赤裸裸来到世上，然后赤裸裸当了猴王，与猴群在一起赤裸裸欢度生命。只是忽然一日想要长生不老，这才离家寻师访道学本事。他弄了个木筏漂洋过海到了南赡部洲上岸，见海边有人在捕鱼、淘盐，自己觉得赤身裸体不好意思，便走近人前，装神弄鬼，凭那张雷公脸，吓得干活的人丢筐弃网，四散奔跑。他抓住一人剥了衣裳，也学人穿在身上，这才摇摇摆摆，进入居民区。这就是孙悟空生平的第一身衣服，是抢海边老百姓的粗布衣服，够野的。

然后悟空找到了灵台方寸山斜月三星洞的须菩提祖师，拜入师门，并被师父赐名孙悟空。在须菩提祖师门下，悟空先是"与众师兄学言语礼貌、讲经论道，习字焚香"，以及"扫地锄园，养花修树，寻柴燃火，挑水运浆"，六七年后才开始摸爬滚打习武练功，这前后总共可是待了二十年，绝不可能只靠那身海边抢来的衣服撑下来。那须菩提祖师十分偏爱悟空这个徒弟，哪有师父不管徒弟穿衣的道理。那么悟空学艺时穿的是什么衣服？我考证，书中写了祖师身边童子的打扮是"鬅髻双丝绦，宽袍两袖风"，即头发梳成双髻，衣服是宽袍大袖。悟空猴头毛短，当然梳不成发髻，但衣服必然也是师父给做的宽袍大袖僧衣。这就是悟空生命中的第二套行头。

悟空学成武艺本领，驾云返回花果山再做猴王，自然又脱去僧衣，换上了平民百姓的服装。请看书中写道：悟空回到花果山，群猴告状说有个水脏洞的混世魔王常来欺负群猴。悟空当即找上门去，三拳两脚便灭了那厮。庆功欢宴时悟空讲自己学艺二十年经历，曾说"至南赡部洲，学成人像，着此衣，穿此履"，可见这"此衣""此履"即已经换上了老百姓的着装。

后来，孙悟空怨叹自己没有一件称手的兵器，在群中老猴撺掇下，去到龙宫借宝，先是强要了东海龙王的定海神针即如意金箍棒，又索要"披挂"，于是装备上了南海龙王的凤翅紫金冠、西海龙王的锁子黄金甲、北海龙王的藕丝步云履，整整齐齐一副好盔甲。这可是悟空的第三身打扮，不仅高档，而且从此成了孙悟空齐天大圣美猴王的标准打扮、标准形象。

四海龙王吃了亏，向玉皇大帝告御状。玉帝想招安孙悟空，派太白金星将悟空招上天宫，封了个弼马温（御马监正堂管事）的小官。这就是说，孙悟空的第四身打扮应该是一套天宫的低级官服。这官居然低到连品级都没有，那所谓官服恐怕比养马人的工作服也好不到哪里去。孙悟空知道了自己原来当的是个根本没级别的小官，备觉受辱，大怒之下打出南天门，离岗不干，回花果山去了。这身官服真没穿几天。

悟空打出南天门回花果山惹恼了玉帝，玉帝便正式派兵讨伐。悟空穿着自己的全副宝贝披挂迎战，大胜天兵天将，逼得玉帝答应悟空要做"齐天大圣"的条件，请悟空二次再入天宫。这时悟空应该有了第五套服装，叫"齐天大圣服"。但既然这个官名本就是虚假哄人的，这官服当然不会在天宫制服之内。具体什么样，书中也没有交代。我过去看小人书里边画的，好像是一身团绣的紫红袍，金冠上插着长长的两根雉翎，脚蹬朝靴。画家所画，自有人家的依据，我信。

当了齐天大圣，其实天宫中谁也没把他当回事，连参加蟠桃宴的资格都没有。悟空恨玉帝以虚设的官名哄人，因此在天宫接着闹事，偷了仙桃偷仙酒，偷了仙酒偷仙丹，都搬回花果山与猴儿们共享。玉帝只好又派兵来伐，几番争战，最终是悟空战败遭擒，被如来佛压在五指山下，等了五百年才有去西天取经的唐僧来救。悟空认了唐僧为师父，又被赐名"孙行者"，与八戒、沙僧、白龙马一起辅佐师父西天取经。这取经路上的服装，便是悟空的第六套打扮。这时的悟空已经算是正式的佛家弟子，自然是一身佛门行者的装束，穿僧衣，戴僧帽，头上还有一个受紧箍咒制约的金箍。这身打扮，陪着悟空一路历经了九九八十一难。

然后就该结尾了。西天取经功成，大家修成正果，如来亲自封功。唐僧封了旃檀功德佛，八戒封了个净坛使者，沙僧封了个金身罗汉，而悟空在徒弟中功劳最大，被"加升大职正果"，即破格提拔的意思，被封为"斗战胜佛"。这样，悟空在佛门居然与师父唐僧平起平坐了。所以他对唐僧说："师父，此时我已成佛，与你一般……"既然成了佛，孙悟空的第七套打扮当然是一身佛的制服了。佛的制服是啥样？书里没写，但我想，可能与现在庙里塑的佛像差不多吧，肯定好看，肯定也是那么华丽庄严。不过这样的制服，却配上个猴儿脸，想想有点好笑。

《西游记》里孙悟空的服装，大概就是以上这七套吧。有朋友会说，从书里扒拉这些东西出来，太无厘头了！有什么意义？我说，没意义，就是凑热闹，瞎聊，好玩。俗话说，"佛要金装，人要衣装"，我们这些真人，与孙悟空一样，都是赤条条来、赤条条去的，但活在世上的时候，谁也不能不穿衣服，不管是为遮羞，还是为炫耀，还是为方便，都有自己生命的"服装秀"，小时的开裆裤，上学的学生装，职场的工作服、制服、军服、西服、休闲服，乃至睡服，哪一天没有"走秀"？但你意识到过自己的服装秀吗？回忆一下自己都穿过什么样的衣服，那些不同的衣服、特殊的衣服，与你的人生曾有过什么特殊的关联，肯定好玩。这里面也许也能挖出许多许多的故事，把无厘头的事变成有厘头呢。

李煜是怎么当国主的？

说起李煜，那句中国古代诗词史上著名的句子就出现在脑海："问君能有几多愁，恰似一江春水向东流。"就是这个李煜，多才多艺，诗词造诣自不必说，而且史称他"善属文，工书画，精通音律"，用现在的话说，就是兼文学家、作家、画家、音乐家于一身。李煜又被称为李后主，因为他当过五代时期南唐国的国主，只是后来亡国。而对于他当国主的能力水平，后人的评价就不大相同。比如宋朝大诗人陆游写过一部《南唐书》，赞李煜是个"天资孝顺"，"专以爱民为急"的好君王，而毛泽东在一九五七年时则说："南唐李后主虽多才多艺，但不抓政治，终于亡国。"这也算是仁者见仁，智者见智吧。

李煜当国主的南唐政权，存在于五代后期至宋朝初年。我对李煜的事并不甚了解，过去总记得这个李煜是当过皇帝的，真的去看了些历史资料，才知道其实这是不对的，他做的是"国主"，没有敢称过皇帝。李煜原名李从嘉，是南唐元宗皇帝李景的第六个儿子。李景在位时是称过皇帝的，但九五九年在与后周政权的战争中失败，最后割地求和，被迫取消帝号，改称了"国主"。因李从嘉的五个哥哥都已去世，李景封李从嘉为吴王并选为太子。李景死后，李从嘉便继位当了国主，并改名李煜，国都在金陵（即现在的南京），这是九六一年的事。而恰是在这之前的一年，即九六〇年，宋太祖赵匡胤刚刚灭了后周政权，并正式建立了大宋朝，登上皇帝的宝座。

即位伊始的南唐国主李煜，当然明白自己的力量难与大宋匹敌，所以上任后即派大臣向赵匡胤上表，报告就职之事，并贡上金器二千两、银器二万两、纱罗缯彩三万匹。在表中，他自称"实愧非才"（不是当国主的料），而且本是个"心疏利禄"的人，只是上面的哥哥们都去世了，才轮到自己继了位，"惧弗克堪"（成天提心吊胆）。他表示向大宋称臣，并会坚守臣节、上奉天朝。赵匡胤给他回了信，而且信中没有直呼李煜的名字，等于是承认了他的南唐国主地位。从此之后，李煜开始向大宋进贡金、银、茶、酒器，而且"每闻朝廷出师克捷及嘉庆之事，必遣使犒师修贡"。这一切的卑躬屈膝、忍辱负重，一是畏惧，二是讨好，同时也有小算盘，是为了借赵宋之力对付尚存的世仇邻居吴越国，保护自己的家国宗祀的存活。就这样，李煜的南唐国主地位维持了十五年。

大宋开宝四年，赵匡胤灭掉南汉国，并屯兵汉阳，统一大业已经到了收官阶段。李煜更感到形势的压迫，又主动自己解除了南唐国主的称号，改称"江南国主"，并上表请求罢除大宋给自己的诏书中不直呼其名的礼遇。第二年，又下令自贬仪制，主动将自己的诏书改称为"教"，将中书省、门下省、尚书省等这些与赵宋朝廷使用的称呼相同的部门，都改称为"府"，以表示对中央朝廷的尊崇。再过一年，李煜又给大宋上表，表示愿意接受北宋对他册封的爵位，这等于说南唐对宋，不是名义上的"称臣"，而是愿正式做北宋之臣，所谓"国主"之称的含义，将几乎变为与大宋朝中王公们同等级别的称号。但这事，赵匡胤并未同意。

其实，李煜真不是傻子。在这一连串尊宋崇宋和自贬身份的背后，李煜也在准备另一手。《宋史》中说，李煜是"虽外示畏服，修藩臣之礼，而内实缮甲募兵，潜为战备"。他明白，赵匡胤最终不会容许有他这么一个独立的小国主存在于一统大业之外的。所以，开宝七年秋，赵匡胤以冬天要举行祭天仪式为由，下诏要求李煜亲自进京助祭，李煜终于明白了，这是北宋要对自己动手了。他托病不从，并回信说："臣事大朝，冀全宗祀，不意如是，今有死而已。"这一次是把心里话全说出来了，即："我这样卑躬屈膝讨好大宋朝，就是为保全家庙传承，没承想到了今天这个形势，那是死也不能服从了。"

开宝七年（九七四年），宋太祖赵匡胤见到李煜的回信，立即出兵开战，派大将曹彬向建康水陆并进，直指金陵。李煜则公开宣布与大宋断交，积极聚粮筑城备战，并不惜尊严向原本世仇的邻居吴越国求援，说了一大堆"唇亡齿寒"的道理，说："今日无我，明日岂有君？"没想到的是，世仇就是世仇，吴越国王钱俶见到信后，却把信献给了赵匡胤，然后自己又主动出兵，助宋兵夹攻南唐国。

李煜对自己的战备措施曾经颇有自信，当来攻的宋军准备在采石用竹木建浮桥渡长江时，他还对大臣说："吾亦以为儿戏耳。"这一场大宋灭南唐的战争，也确实维持了一年零两个月，但结局当然也是不言而喻的。开宝八年十二月，宋军攻破国都金陵，《宋史》记载："（开宝）八年冬，城陷，曹彬等驻兵于宫门，煜率其近臣迎拜于门。"李煜宣布战败投降，随后被押送宋朝京城。

开宝九年春正月，大将曹彬在明德楼前向宋太祖赵匡胤举行了献俘仪式。李煜与被俘的四十五名大臣白衣纱帽，待罪楼下。宋太祖下诏训斥李煜，把他比作三国时的刘禅与孙皓，是"何迷复之不悛，果覆亡之自掇"（执迷不悟、自取灭亡），然后"赐以列侯之号"，官称光禄大夫、检校太傅、右千牛卫上将军，封"违命侯"。

这个侯的名称，义含屈辱，就是要李煜永远反省为什么不听大宋皇帝的命令。而就在这一年的年底，宋太祖赵匡胤自己也酒后暴死驾崩，年仅五十岁，由其弟赵匡义继位，即宋太宗。有野史称赵匡胤的真实死因是个"千古之谜"。

说起来，赵匡胤灭南唐，确实有点师出无名。宋朝欧阳修在其所修的《新五代史》中评论说，他江南故乡的老人们都了解宋伐南唐时的事，说宋太祖大兵攻南唐时，李煜也曾专门派"博学有材辩"的大臣徐铉到大宋京城面见太祖求情。一路上徐铉"日夜计谋思虑言语应对"，一大套说辞已经熟备在胸。等到见了太祖之时，先说了一句："李煜无罪，陛下师出无名。"太祖便招呼他近前一些慢慢说。徐铉又接着说："煜以小事大，如子事父，未有过失，奈何见伐？"后面又说了一大堆路上想好的词儿。没想到，太祖只反问了一句："尔谓父子者可为两家乎？"（你说，既然是父子，那怎么可以总是两家人的关系呢？）徐铉一下子哑口无言。太祖的话说得噎人，但确有点儿大道理在其中。欧阳修就是赞同这个道理的，他评论这话说："盖王者之兴，天下必归于一统。其可来者来之，不可者伐之。"大宋伐南唐时李煜曾两次派徐铉进京求情，还有一次的情形记载在《续资治通鉴长编》中，说赵匡胤听了徐铉的求情后，大怒，手按宝剑对徐铉曰："不须多言！江南亦有何罪，但天下一家，卧榻之侧，岂容他人鼾睡乎！"吓得徐铉惶恐而退。这就是赵匡胤的怒后吐真言。

亡国之后的李煜，可与历史上那位"乐不思蜀"的亡国之君刘禅不同，他终日郁郁，思念故国。宋朝有个王铚，写过一本书名为《默记》，其中记载，李煜旧臣徐铉曾奉命去拜望李煜，相见之时，李煜着纱帽道服，"对亡国颇有恨意"，乃至这两个旧日君臣"相持大哭，坐默不言"。

据《宋史》记载，宋太宗继位后一开始对李煜还算不错，觉得李煜头上这顶"违命侯"的帽子确实难听，便取消了这个爵名，另封李煜为"陇西郡公"，等于在爵位上还升了一级。李煜当国主时，是个有名的生活"骄侈"之人，客居大宋后光靠月俸可过不了日子，曾向宋太宗"自言其贫"，太宗则又下诏提高了李煜的月俸，并另"赐钱三百万"给他过日子。太宗还曾经要李煜陪同他一起去崇文院看大宋藏书，对李煜说："闻卿在江南好读书，此简册多卿之旧物，归朝来颇读书否？"这话听着好像是在把李煜当成个好读书的文化人，一个书友了。

宋太宗太平兴国三年，即九七八年，李煜在亡国两年多后，于宋京汴梁去世，年仅四十二岁。对于李煜的死因，《新五代史》《宋书》中均只字未提，而王铚所著《默记》中则记载说："后主七夕在赐第命故妓作乐，声闻于外。太宗闻之，大怒。又传'小楼昨夜又东风'及'一江春水向东流'之句，并坐之，遂被祸。"而且这个"被祸"的具体形式，是被赐药中毒而死。这记载的真假，至今未见有人彻底考证清楚。但李煜之死，如果真是与他留给后人最著名的那首《虞美人》有关，就太悲摧了。怀念故国也有罪？李煜生日是在七夕，而死日居然也在七夕。一个把失去家国的凄惨之情，能写成那么动人的诗句的人，一个自己的生与死都与七夕相关的人，这也太令人感叹、引人遐想了。再读一遍那首《虞美人》吧：

春花秋月何时了？往事知多少。
小楼昨夜又东风，故国不堪回首月明中。
雕栏玉砌应犹在，只是朱颜改。
问君能有几多愁？恰似一江春水向东流。

石敬瑭为什么给人当了"儿皇帝"?

石敬瑭其人,在中国历史上之所以出名,不仅是因为他曾当过五代时期后晋的皇帝,更主要的是他给契丹国当了个"儿皇帝"。小时候上历史课,老师讲到五代十国,都对石敬瑭咬牙切齿,说这人为了自己当皇帝,拱手向契丹献出燕云十六州,是卖国求荣的民族败类,给中国人丢脸。闲翻二十四史中的《旧五代史》,我把石敬瑭如何当了儿皇帝的事,理得清楚了些。

所谓"五代",是指唐朝亡了之后,中原地区后续的梁、唐、晋、汉、周五个朝代,历史纪年跨度只有五十三年。这五个朝代,历史上为区别更早中国史上的朝代名称,就在这五个朝代前统一加上一个"后"字,被称为后梁、后唐、后晋、后汉、后周。五代时期又称"五代十国",即与这五个朝代平行存在的,还有十个更小的"国",包括吴、前蜀、后蜀、南唐、南汉、楚、吴越、闽、南平、东汉,也都有各自的皇帝。一般来讲,这十个小国,是承认中原那五个短命政权为其"中央政权"的。那五十三年的历史里,这么多的大小政权挤在一个中国的概念下,可想而知,那时的中国是何等的四分五裂,政治、经济、军事是何等的混乱,天天有互相夺势争权的战乱,天天是王旗变幻,百姓当然苦不堪言。

石敬瑭是后晋的"开国皇帝",但他其实不是汉族人,"本出于西夷",即西北方的少数民族。他父亲名臬捩鸡,"善骑射",在西北自称"沙陀"部族的首领朱邪氏家族军中效力。大唐贞元年间,臬捩鸡跟随朱邪家族在与回鹘人的战争中战败,东逃而投奔了唐朝。入唐之后,沙陀军完整保留,仍为朱邪氏统辖。沙陀首领朱邪执宜死后,其子朱邪赤心接管沙陀军,属太原行营招讨使管辖,因战功卓著,后被封"单于大都护、镇武军节度使",并赐改名为李国昌。李国昌的孙子李存勖,就是后来后唐的开国皇帝庄宗,而庄宗的弟弟(其实是养子出身),就是后唐的第二任皇帝明宗李嗣源(李亶)。石家父子一直是李嗣源的爱将。臬捩鸡因"征战有功",做到洺州刺史。至于什么时候改为姓石,史书上说"不知其得姓之始也",即查不清了。李存勖在后梁时当上晋王,后又灭了后梁,当上后唐的开国皇帝。

　　石敬瑭这个人,为人"沈厚寡言",但作战勇猛之极,在李嗣源多年征战中,数次勇救李嗣源脱险,所谓"常脱明宗于危",故李嗣源对他极为欣赏,曾亲手抚拍着他的背,喂他吃奶酥,这在"西夷"人的礼节习惯中,表达的是最高的爱意和谢意。也因此,李嗣源将女儿永宁公主嫁给了石敬瑭。李嗣源继位成了后唐的明宗皇帝后,石敬瑭就成了驸马都尉,并先后当过保义军节度使、宣武军节度使、河东节度使和大同、彰国、振武、威塞等军蕃汉马步军总管,还曾兼六军诸卫副使,主要驻守在太原,成为后唐权倾一时的重要人物。

　　后唐一朝对石敬瑭如此倚重,为何石敬瑭最后又反了呢?明宗李嗣源死了之后,让第五个儿子李从厚继了位,称愍帝。但明宗另一个战功卓著的养子李从珂却不服,带兵从凤翔杀入长安又夺了皇位,史称末帝(又称废帝),可怜愍帝只坐了三个月的龙椅。后唐的朝廷内斗,这时已乱到极点。石敬瑭对于末帝的篡位不以为然,而末帝李从珂对拥有重兵的石敬瑭当然也是疑惧在心。末帝在位第三年，石敬瑭老婆永宁公主从太原回朝探亲，临回太原时去向末帝辞行，恰逢末帝喝醉了酒，醉醺醺地对永宁公主说："尔归何速，欲与石郎反邪？"这种酒后说永宁公主要急着回太原与石敬瑭造反的话，出自皇帝之口，那可真不是一句"玩笑"可以解释的。话已出口，末帝后悔不已。永宁公主回到太原把这话告诉了石敬瑭，石敬瑭更加坐立不安。不久，末帝下旨要将石敬瑭调离盘踞多年的太原。这回石敬瑭是真不干了，与部下桑维翰、刘知远等商议，表明了要造反的决心，说："先帝授吾太原使老焉，今无故而迁，是疑吾反也。且太原地险而粟多，吾当内檄诸镇，外求援于契丹，可乎？"桑、刘等人都同意后，就公开上表声称末帝本没资格当这个皇帝，应该重选重立，这等于是正式决裂了。于是末帝下诏削夺石敬瑭官爵，并派大将张敬达出兵征讨。这才引出了契丹的耶律德光出兵营救，石敬瑭认契丹干爹，当了儿皇帝的事。

话说驻在太原的石敬瑭宣示与后唐的末帝李从珂决裂，大将张敬达奉命率大军前来讨伐。石敬瑭实力难以与朝廷大军对抗，便立即派人向契丹国求援。这都是九三六年夏秋之际的事。

按史书记载，五代时期，契丹大名鼎鼎的契丹天皇王耶律阿保机统一各部之后，无论地理版图还是军事实力，契丹都是"称雄北方"的最强大的国家，且一直"颇有窥中国之志"。唐末及五代初期，契丹一边不停地向中原侵边掠地，一边又贿赂中原汉族政权讨取册封，实乃当时最大的边患。石敬瑭向契丹求援时，阿保机已死，在位的天皇王是其子耶律德光。

耶律德光接见了石敬瑭的使者后，大喜过望，认为是天降良机，随即调集部队，出援石敬瑭。当时是九月，北方已经开始入冬。耶律德光兵出雁门，"车骑连亘数十里"，但兵行神速。临到太原时，派人与石敬瑭联络，说："吾为尔今日破敌可乎？"真叫底气十足！石敬瑭马上派人回话，说："皇上赴难，要在成功，不在速。大兵远来，而唐军甚盛，愿少待之。"这是说，皇上您是远道而来救我，路上肯定疲乏了。还是请把确保打胜仗放在第一位。张敬达围我的兵力很多很强，您请稍稍休整一下，我还能再坚持一阵。没想到，石敬瑭的使者还没见到耶律德光，契丹的兵马已经与围攻的张敬达交上了手，一仗就把张敬达打得大败而逃。石敬瑭连夜出城在北门迎接德光，当即表示"约为父子"，即认了耶律德光当干爹。石敬瑭曾问耶律德光为什么这么远来，还能速战而胜。耶律德光说："本来我以为后唐的兵会在我来路上的险要之处设下重兵，但不成想一路根本无人拦阻，便知定能成功。而且我带这么多兵马远道而来，无法长久坚持，只能速战速决。"看来耶律德光还真是个军事家。

算起来，耶律德光兵救石敬瑭，应该就是十月里的事。然后，十一月丁酉日，耶律德光就"筑坛晋城南，立敬瑭为皇帝"，改国号为晋（即后晋），改年号为天福，称帝号为高祖。在仪式上，他把自己身上的契丹皇帝衣帽服脱下让石敬瑭穿戴上，并给石敬瑭颁发了一份册书，上写："咨尔子晋王，予视尔犹子，尔视予犹父。"意思就是："我向好儿子晋王宣布，从今后，你就是我干儿子，我就是你干爹。"就这样，石敬瑭在契丹的支持下当上了"儿皇帝"，给契丹的报答，就是"以幽、涿、蓟、檀、顺、瀛、莫、蔚、朔、云、应、新、妫、儒、武、寰州入于契丹"。如此方法得到了中国"燕云十六州"的土地，也实现了契丹国两代皇帝耿耿于怀的"窥中国之志"。随后，石敬瑭就发兵南下后唐都城洛阳，灭了后唐。

要说石敬瑭给耶律德光当"儿皇帝"，那当的也确实彻底，连老婆、儿子都要随着这个"儿子"的名分尊称耶律德光。石敬瑭死后，是其收养的亲侄子石重贵继了位，史称出帝，继位四年，最终还是被已经改国号当了辽国皇帝的耶律德光灭掉了。史书记载，在后晋给辽国的降表上，出帝的自称便是"孙男臣重贵"，还有一份永宁公主给辽国的降表，则是自称"晋室皇太后、媳妇李氏妾"。

　　前面也就是大概地说了石敬瑭给人当"儿皇帝"的事实。五代时期是中国著名的乱世，石敬瑭的这些事，在新、旧《五代史》及《辽史》中记载得挺多挺细，细节描述也很生动，但极其分散，人物关系与事件头绪也特别复杂，要到各个相关人物的"本纪""世家"和"传"中去挖掘寻觅。朋友们如对这事真有兴趣，可以自己去翻书。但最后还有三点感触想与朋友们分享。

　　第一点：石敬瑭当"儿皇帝"，这事确实是为中国人所不齿，特别是汉族人。但给人当干儿子这种事，在五代时，特别是在所谓"西夷"的少数民族中，却大把大把地存在。欧阳修的《新五代史》中专门列有一个《义儿传》，说五代时期的五十三年期间，"天下五代而实八姓，其三出于丐养"，即五个朝代的皇帝们，并不都是五个姓氏血统，其实有八个姓氏，有三个都是被收养的异姓人。特别是石敬瑭出身的朱邪部族的沙陀军，习俗便是"雄杰暴武之士，往往养以为儿"，沙陀军所属有一支部队，名字就叫"义儿军"。朱邪领袖李克用的养子就数不清楚，"其可纪者九人"，就是说值得写入书中的就有九个。石敬瑭的老丈人皇帝明宗李嗣源，就是李克用的养子。石敬瑭西夷出身，生活环境也一直主要在西夷的沙陀军中，而耶律德光是契丹人，也是西夷之属，他们之间，认强者为干爹，帮干儿子当皇帝，可能在道德心理上，并不像汉族人看得这么沉重。文章前面也说过，石敬瑭自己也有亲儿子，但其皇位却传给了自己的养子。我这样说，可不是为石敬瑭出卖土地的行为开脱，只是承认当年社会的一个现实环境而已，只是想说当年石敬瑭的"卖国"心情并不像我们汉族人想的那样纠结。

第二点：给人当"儿皇帝"这种事，在五代史上不只石敬瑭一人。在当时的"十国"之中，还有一个东汉政权（亦称北汉），存在时间与后周平行。这个东汉政权，乃是后晋政权之后的后汉政权皇族组成，不承认取代了后晋政权的后周政权，不改后汉国号，而是在太原自立为皇帝，皇帝名为刘旻。史书称其"少无赖，嗜酒好博"。后周夺了政权后，刘旻固守在太原，兵力又不足以与后周对抗，就派使者偷偷去联络契丹，而且还不是找皇帝耶律德光，而是找了耶律德光的侄子、契丹永康王耶律阮（小名兀欲），最后是"契丹永康王兀欲与旻约为父子之国"，从此东汉政权也成了契丹的"儿子国"，东汉皇帝刘旻对耶律阮自称"侄皇帝"。这样算起来，对契丹皇帝耶律德光，刘旻该自称"孙子皇帝"了。而这个刘旻，可不像石敬瑭是西夷的少数民族出身，他可是正经的汉族人。奇怪的是，在历史上，骂这位给人当"孙子皇帝"的却很少。所以说，开卷有益，长学问、开眼界。

第三点：契丹国是辽国的前身，耶律德光是辽国的开国皇帝。而现在，我们认定的中国二十四史，辽国亦在其中。既然辽国也是在大中国这个概念之中的，则历史上各个政权之间的恩怨评价，好像与当年人们的心理感受会有很多出入。这点恕难再絮说。

朱元璋培养接班人的遗憾

历史学家公认,在中国封建时代的皇帝中,明朝的朱元璋是其中的佼佼者。他生逢元末乱世,揭竿而起于草莽之间,开创大明王朝三百年基业,执政三十一年,在封建制度的完善上建树颇多。朱元璋临终时有个遗诏,其中自我评价说:"朕膺天命三十有一年,忧危积心,日勤不怠,务有益于民。奈起自寒微,无古人之博知,好善恶恶,不及远矣。今得万物自然之理,其奚哀念之有。"他是说,自己担任皇帝的这份工作三十一年,日夜把国家安危放在心头,不敢懈怠,都是为了有益于国家百姓。他承认并感叹自己出身贫寒,读书少、没文化,在扬善惩恶这方面做得还很不够。他还劝大家说,人的生死是万物自然之理,大家不必过于悲哀。这话用白话一翻译,还真是很感人。即使是现代人,临死之前能写出这样一份遗嘱,也会让人觉得思想境界确实挺高尚的。

朱元璋自己一世英雄,时人莫可与之争锋,但他去世后安排长孙朱允炆继位接班,国家却立刻陷入了大乱。建文皇帝登基才半年,亲叔叔燕王朱棣就带头起兵造反,国家陷入连续四年的内战,最后还是叔叔朱棣打败了侄子,自己登基当了皇帝,改年号永乐。朱棣上台后,根本不承认前任朱允炆当皇帝的正统性,宣布朱允炆用了四年的"建文"年号作废,改回朱元璋的"洪武"年号。那几年的历史文件因此受到了极大的冲击（当然，后代的历史学家还是承认"建文"这个年号的）。再看后来，朱棣最终还成为明朝历史上仅次于朱元璋的、最有权威的皇帝，给中国带来了一个著名的"永乐之治"。这样一个历史现象的产生，如果反推回去，总令人觉得恐怕是朱元璋在安排接班人这件大事上出了问题。

朱元璋生逢乱世，出身贫寒，十七岁时遇蝗灾闹饥荒，父母和哥哥相继去世都无力埋葬，孤无所依，要过饭，当过和尚。元末暴政，民不聊生，各地义军揭竿而起。朱元璋二十四岁时投入郭子兴的起义军，作战勇敢，足智多谋，深受郭子兴的赏识和重用。郭子兴把自己的养女嫁给了他，又逐步把权力也交给了他。郭子兴死后，朱元璋东征西战，势力壮大，在一三六五年自封为吴王。元政权基本垮台后，朱元璋又在与其他义军争夺政权的战争中取得胜利，终于统一了全国，登上了皇帝宝座。

朱元璋在当上吴王后立即确定了自己的接班人。那个接班人就是自己的长子、建文皇帝朱允炆的爸爸朱标。朱元璋对朱标这个接班人，真是付出了大心血，下了大苦心地培养。先从道德文化教育开始，再循序渐进地训练其执政本领，一步一个脚印，就是要将其培养成一个合格的接班皇帝。这时的朱标还是个年仅十一岁的孩子（朱标传记中说是十三岁，恐怕虚得有点多）。后来朱标于洪武二十五年（一三九二年）三十七岁时病逝，算来朱元璋为朱标的接班花费了二十六年的心血。

朱标立为世子的那年，朱元璋先专门为他请了大学问家宋濂做老师，又要这个才十来岁的孩子独自回老家去祭祖坟。在给朱标的谕旨中，朱元璋说："商高宗旧劳于外，周成王早闻《无逸》之训，皆知小民疾苦，故在位勤俭，为守成令主。"意思是说，古代商朝的贤君武丁，小时候父亲就让他与百姓一起干活吃苦，周朝的周成王，小时候就专门学习《无逸》这篇文章。所以，他们都是从小就知道百姓疾苦，继位之后都能奉行勤俭，并成为守成江山的好君主。接着朱元璋又说：可是你呢，从小生长在富贵之中，习惯的是舒适安定的生活。这次让你回老家去祭祖，就是想让你在游历山川、经历田野之中，懂得人生道路的艰难险阻，能看到百姓衣食和稼穑的艰难，能体察民俗道德的美恶，能听家乡父老们说说我过去打仗的故事，了解一下我当年是多么不容易。同时，朱元璋还下令，世子朱标祭祖这一路上，经过的神庙都要设少牢之重祭，所访民家一律赏赐白金五十两。从朱元璋的谕旨，可见朱元璋首先要培养的是朱标的人品和君德，就是自己不怕吃苦，要勤俭，要爱民，还要了解百姓的疾苦。一路上安排的祭祀，是在帮儿子祈福上天保佑；赏赐给民家的金钱，则是在替儿子笼络民心，真是煞费苦心。那年的冬天，朱元璋还让朱标跟自己一起去郊外视察祭坛，专门带朱标去访问了附近的农家，让他看百姓的真实生活状况。朱元璋还指着道旁生长的荆条告诫朱标："这荆条就是古时用来鞭刑犯人的。这东西有去风的药性，用来鞭人，虽伤而不会致死。这就是古人用心仁厚的地方，你可千万要记住啊。"可以看出，朱元璋说自己没文化，但在培养接班人这事上，还真是个大明白人。

一三六八年，朱元璋开创大明王朝，正式登上帝位。要说周岁应该还只有十四岁左右的小朱标，被立为皇太子。朱元璋专门为朱标请了带刀舍人周宗当师傅练习武功，希望他能有个强健的身体，而更为关键的是，朱元璋亲自为太子的东宫制定了一整套新型的辅佐机构和办事制度。

这个制度很有特点，不是安排太子在朝廷担任实职，而是派朝廷顶级大臣去东宫中兼职。东宫的太子少师、太子少傅、太子少保、詹事、率府史、赞善大夫等主要官员，都是由朝中左丞相李善长、右丞相徐达、中书平章常遇春、右都督冯宗异、御史中丞刘基等鼎鼎大名的开国元勋来兼任。对这个体制，朱元璋对大臣们解释说："让你们都在东宫兼职，不在东宫另设专职官员，这是因为战事还未完全停息。如果东宫另设了专职官员，一旦我要出去打仗，太子留守宫中监国，处理事情时万一与你们意见不一致，你们肯定就会说是太子受东宫那些官员的摆布，这不就要闹矛盾了吗？"这确实有道理。太子正在学习掌权时期，如果与大臣们闹了矛盾，不只影响工作，关键是要影响到太子在大臣中的威信，必为将来继位接班形成阻力。朱元璋还为太子选了一群形象明秀、举止大方文雅的年轻文人进宫陪太子读书，嘱咐这些人，他们的主要责任是要帮助太子"端正心术，不流浮靡"。宫中还专门设了一个大本堂，就是图书馆，选入四方名儒和才俊之士，辅佐太子读书。

到洪武十年，朱标已经是二十二岁的大小伙子了。朱元璋正式下旨"自今政事并启太子处分，然后奏闻"，这就是正式地让朱标与他一起处理国事了，而且规定有事要先报告太子，太子先有了意见再报自己。这用现在的话来讲，就好像是正式进入了"扶上马，送一程"的接班阶段。

在朱元璋的精心培养下，朱标的品德素质和执政能力日渐成熟，不仅具备了必要的执政本领，而且在朝中内外都具威望，人品也令朝中内外的人没有二话可说。他在储君的地位上协助朱元璋执政十五年之久，已经成了大明王朝理想的接班人。按《明史》中说，朱标还有个最大的特点，就是天性仁慈，为人友爱。其他封王的兄弟们有过失，犯了事，都是他在朱元璋和皇后面前帮着说好话。《明史》中没记载说有什么皇亲国戚对他的接班地位有过非议，包括燕王朱棣在内。朱元璋的"扶上马，送一程"，送了十五年，眼看瓜熟蒂落，谁也没想到，最后居然落得一个"白发人送黑发人"的悲剧,枉费了朱元璋的半生心血。

《明史》载:"(洪武)二十四年八月,敕太子巡抚陕西。"这陕西当时是朱元璋的第二个儿子、朱标的亲弟弟秦王朱樉的藩地。朱元璋共有二十六个儿子,长子朱标,次子即朱樉,燕王朱棣是第四个儿子,他们都是一母所生。秦王朱樉洪武十一年才驻藩到陕西,朱元璋曾对朱樉一再嘱咐,说天下虽已安定,但陕西百姓还未得到休养生息,你可注意不要大兴土木损耗民力。可这位秦王到了陕西,辜负了老父亲的嘱咐,把陕西治理得一团糟。没办法,朱元璋只好在洪武二十四年"以樉多过失,召还京师",并令朱标去巡视关陕,解决问题、安抚人心,为朱樉擦屁股。朱标圆满解决了陕西问题,但回京城后就病倒了。史书上没写是什么病,但绝对是大病。也就半年,即转过年四月,朱标竟一命呜呼,病逝了,才三十七岁,留下的儿子朱允炆才十五岁。

朱标的病逝,可谓晴天霹雳,对朱元璋感情上、事业上的打击,怎么形容也不过分。朱元璋恸哭不已。礼官奏上的安葬日期,被朱元璋拖了又拖。按礼制该脱下丧服的日子,礼官一再请求,朱元璋就是不肯脱。朱元璋已经是个六十四岁的老人了,他用二十六年心血培养成功的接班人突然之间就失去了,万里大明江山,身后又该交付何人才好!朱标死后六年,朱元璋去世。二十六年心血功亏一篑,六年又怎么可能再选到一个理想的接班人?

朱标去世后,朱元璋又立朱标仅十五岁的儿子朱允炆为皇太孙,六年后临终时留下遗诏,将皇帝之位正式传给了二十一岁的朱允炆。可是,这时朱允炆所处的政治环境,与当年的朱标早不可同日而语了。朱元璋可是有二十六个儿子,朱允炆面对的,是满朝位高权重、功勋卓著、势力强大的皇族长辈,岂是学当皇帝六年就能驾驭得了的。朱元璋的这个选择,只能说是这个老人感情因素胜过了理智，把对太子朱标的无限思念之情，草率地转移到了孙子朱允炆身上，虽然这本是人之常情。《明史》上说，朱允炆从小"颖慧好学，性至孝"，在为人宽厚这一点上颇具朱标家风，朱元璋对他也是十分宠爱。但封建皇帝这个宝座首先是个政治宝座，可不是人品好就可以坐得住的。

在培养事业接班人的问题上，朱元璋曾经表现出伟大政治家的风范，是个大明白人，但临了，老年之后，却缺乏理智地选择了一个历史证明不大合格的接班人，引来宫内皇族之间的争斗残杀，引来国家的动乱和战争，留下的是个历史的遗憾。后人读《明史》，常对明成祖朱棣为夺帝位杀掉侄子建文帝的事有所非议。但从另一个角度看问题，从明成祖朱棣的历史成就上看，也许朱棣的所作所为，恰恰是纠正了朱元璋的失误。当然，这不过是个倒推式的想法而已。

纳谏这事也贵在坚持

古时臣子给皇上提意见,不像现在叫"批评""建议",而是叫进谏。考察古代国家政治管理的质量,看一看君主是否能虚心纳谏、朝中臣子们是否也敢于进谏,这是个极重要的标志。

俗话说"忠言逆耳、良药苦口"。从心理学上讲,一般的人,对于别人批评自己、否定自己的意见,或重或轻,总会产生抵触心理,觉得不痛快,觉得丢面子,这无需指摘。但国家管理者们不同,因为他们与一般老百姓的社会责任不同,老百姓对他们心理素质的要求也不同。如果是个明君,他应该知道,事关政权管理、国计民生,这都是比个人心情、面子更大的事,忽视不得、马虎不得,必须要理性地、虚心地听取别人正确的意见,即真心实意地纳谏,才更利于维护和改善国家管理。但如果是个昏君,贵为天子,总是一言九鼎惯了,忽然有臣子来当面进谏,说皇上您的有些观点和做法也不见得正确,这话逆耳而来,且如药般苦口,便会觉得是难忍的逆鳞之痛,认为这是在成心和自己的权威、面子过不去,就会勃然大怒。封建社会几千年,没听说哪一朝公然废止进谏制度的,但昏君私利误国,把纳谏制度挂羊头卖狗肉,最后忠心的谏臣为此掉了脑袋的,可有不少。

在进谏与纳谏的问题上,唐太宗与魏徵这一对君臣是正能量的典范。他们之间进谏与纳谏的故事很多。《贞观政要》一书"纳谏第五"部分，有个专讲直谏的"附录"，其中记载了发生在贞观十二年的一件故事，大致如下：

　　唐太宗对自己治国的成就十分自得。一日与贤相魏徵聊天，太宗故意问魏徵："你说咱们国家现在的政策和治理状况，比我十二年前刚掌权时怎么样？"可是魏徵却回答说："要说大唐的国力和在海内外中的声望地位，那比当年强得多了。但要说人心，朝中众臣可不像当年对您那么心悦诚服了。"这话胆子可够大的，怎么听也像是对太宗治国工作质量的批评。太宗颇不以为然地问为什么。魏徵说："您当皇帝之初，大家特别拥护。可后来这些年呢，朝廷风气变了，逐渐骄奢自满，不符民心的事也多了，所以人心也不如当年了。"太宗很惊讶，说："难道是我变了？"魏徵说："就是说皇上您。贞观初年时，您不仅不怕听批评意见，而且想方设法鼓励和号召人们给您提意见。过了三年后，您对批评意见还算能高高兴兴地接受。但到这一两年，您已经变得不再愿意听到批评意见了。对于批评意见，即使勉强接受，那表情也是满脸的不愿意、不高兴。"太宗不服，说："你给我举出事实来！"

　　魏徵给太宗举了十几年中先后发生过的三件事。

　　第一件事发生在贞观初年。有一次太宗要判元律师死罪，当时管司法的孙伏伽进谏说按律不到死罪，并批评说这是滥用酷罚。当时太宗不仅虚心接受了孙伏伽的批评，还高兴地赏了他一处价值百万的大宅子，说这个厚赏就是为了提倡和鼓励大家多进谏。

　　第二件事则是过了几年后。又有个徐州司户柳雄，户口调查时故意弄虚作假，被人举报。太宗让柳雄自己自首认罪，但柳雄却坚持狡辩不认。太宗特别恼火，下令判他死罪，可管司法的戴冑却进谏说按律不够死罪。太宗大怒，说我已经说判他死罪了，就得判死罪！戴胄坚持原则，三番五次进谏不止，最后太宗想明白了，还是听从了戴胄的意见，还表扬了他。

第三件事则是魏徵所说的"这一两年"的事了。有个陕县县丞给太宗写了一封谏书，谏书中语言比较激烈，太宗看到当即大怒，下令要治这个县丞"谤讪"之罪。魏徵当时就劝太宗，说语言激烈，无非是想引起您对这事的重视而已，这怎么能叫谤讪呢？魏徵反复劝说，太宗才罢休，而当时太宗的表情，则是一脸"意甚不平，难于受谏"的样子。

魏徵讲的三件事，很典型地体现出太宗在执政初、中、近三个时期对进谏态度的变化，让唐太宗不禁陷入深思。最后，太宗十分感慨地对魏徵说："诚如公言，非公无能道此者。人皆苦不自觉，公向未道时，都自谓所行不变。及见公论说，过失堪惊。公但存此心，朕终不违公语。"意思就是说，你说的确实是对的，也就是你，现在还能对我说这些真话了。这人呐，常常是对自己思想上的变化觉悟不到，今天听你这么一说，我的问题还真让人吃惊。你对我的这一片忠心可千万别变了，我保证今后会永远听取你的谏言！

魏徵与唐太宗，从贞观初年起就是一对公认的模范搭档。这件事发生在贞观十二年，说明过了十二年后，魏徵还在不停地向太宗进谏。这让人很感慨。进谏与纳谏这样的政治品德，看来也不是曾经一日拥有便会自动终生拥有的，也是要时时自我检察，自我反思，自我激励，才能持之以恒、不改初衷的。这就叫贵在坚持。毛泽东讲过，一个人做一件好事并不难，难的是一辈子只做好事，不做坏事。把这句话套到唐太宗与魏徵身上，我们也可以说，作为忠臣，魏徵进一次谏并不难，难得的是为国事坚持进谏，至死不变；作为皇帝，唐太宗纳谏一次并不难，难得的是在位二十三年，始终能坚持纳谏，从善如流。是魏徵的进谏，成就了太宗的纳谏，也是太宗的纳谏，成就了魏徵的进谏，这是相辅相成、相得益彰的关系。

有人据《贞观政要》统计，从太宗启用魏徵到贞观十七年魏徵去世，十七年里，魏徵向太宗面陈谏议有五十次，奏疏十一件，谏诤多达数十万言。真不容易！魏徵去世时，唐太宗说了一句著名的语录，即"以铜为镜，可以正衣冠；以古为镜，可以知兴替；以人为镜，可以明得失"。这句话后面接着的，则是哭着说的："今魏徵殂逝，遂亡一镜矣！"太宗后来还下诏说："昔惟魏徵，每显予过。自其逝也，虽过莫彰。"还说，不可能说我以前有过失，现在就总是正确的，那无非是臣僚们对我苟且顺从，不敢批评我罢了。从今以后，你们都要用魏徵那样的忠诚之心对我，见我有错，都要直言无隐。这说明，唐太宗是下决心要把纳谏的品德坚持到底的。贵在坚持，好！

我的发型我做主

我这人,有点不修边幅,衣着打扮,是从守旧青年直线成长为守旧老人的,发型也是几十年没变过,就是把头发尽量都梳向后面,然后找齐而已,从浓密的青丝到白发稀疏,到现在的谢顶弄得落花流水无发可梳。反正现在是新社会、新时代了,没有法律规定必须的发型样式。走在街面上,看时髦青年们的头发,梳得那叫一个五颜六色、光怪陆离、招摇过市,一个个"我的头发我做主"的气势。也确实,没有哪个警察管这事。但这事要放在大清朝,那可不行,有十个脑袋也砍没了。

先这样调侃几句,是因为这几天看了一些关于清朝"剃发令"的资料。

中国古代长期的文化传统,特别是汉族为主的政权,曾经把头发或者发型的意义看得比衣服要重。衣服可以变,赵武灵王搞"胡服骑射"就被誉为是成功的改革。头发却不行,成年之后就不再剃发,因为"身体发肤,受之父母,不敢毁伤,孝之始也"(《孝经》)。在中国这块大地上,也有别的少数民族担任过统治民族,如南北朝,如辽元金,但也没听说要强迫下令改革国人的头发和发型的事。唯独清朝,入关掌权之后,许多政治大事都注意沿袭汉制,但就是与中国人的头发过不去,要求必须把盘着的发髻放下来,前颅头发剃光,其余的编成一条长辫子垂下来。而且,这可不是和颜悦色、和风细雨地提倡和劝说,而是定为国家的重大法律,朝廷颁发了"剃发令",强制并限期施行,而且是不愿意者杀无赦!

　　清政权强令汉人剃发,也有个过程。我看有的书上说,清太祖、太宗的《实录》上记载,还在关外的时候,清皇太极天聪年间,那时汉地还是明朝政权,而清军还被称为"后金",他们攻下汉族城池,就"皆令剃发",投降了清军,就叫"剃发归降"。为什么呢?稍后的皇太极崇德八年(一六三八年)就颁布过命令说:如果不剃这个头发,"是身在本朝,而心在他国",这可是"重罪"。这是把剃头当成人心是否归顺的表达和象征,是一等一的大事。

　　清军一六四四年四月二十一日攻入山海关,第二天就下令必须对汉人实行剃头政策,明令"投诚官吏军民皆着剃发,衣冠悉遵本朝制度"。五月一日进了北京,多尔衮又正式下旨:"所过州县地方,有能削发投顺,开城纳款,即与爵禄,世守富贵。如有抗拒不遵,一到玉石不分,尽行屠戮。"看看,"屠戮"云云,多狠。只不过,清军这时的主要任务还是要向南继续进攻,占领全国,不可能打下一个地方先落实剃头的工作,会耽误把战争进行到底的大事,所以这个谕旨当时明显无法落实。不到一个月,多尔衮只好实事求是地收回成命,在五月二十二日又下谕旨说:"予前因归顺之民无所分别,故令其剃发以别顺逆。今闻甚拂民愿,反非予以文教定民心之本心矣。自兹以后,天下臣民照旧束发,悉从其便。"有人会说,这不是承诺汉人可以不剃头了吗?别急,这只是为战争的顺利进行而搞的权宜之计,更狠的在后头呢。

　　又过了一年,一六四五年五月,清兵攻下南京,南明弘光政权灭亡,战争大局已定,六月十五日,清廷重又颁发了剃发令。据《清朝野史大观》中记载,这回是实话实说了,略曰:"向来剃发之制，不即令画一，姑听自便者，欲俟天下大定，始行此制耳。今中外一家，君犹父也，民犹子也，父子一体，岂可违异。若不画一，终属二心，不几为异国之人乎？"这就又把一年前的谕旨否了。然后是规定，"自今布告之后，京城内外限旬日；直隶各省地方，自部文到日，亦限旬日，尽令剃发"。又说："遵依者为我国之民，迟疑者同逆命之寇，必置重非。若规避惜发，巧辞争辩，决不轻贷。"这次可是动真格的了，执行力度真不一样，一句话，那就是"留头不留发，留发不留头"了。中国有多少人呐，十天为限，那得多大工作量！京城之中，剃头匠挑着担子满街转，"见蓄发者，执而剃之，稍一抵抗，即杀而悬其头于所担之竿上以示众"。京城以外，全国各地，在清军最后的统一战争中，又加入了一场剃发与反对剃发的战争。

　　要说这清廷再次下令剃头，居然还是一位降清的汉人发动的。这人叫孙之獬，明朝进士出身，因阉党逆案被革职为民。清军一进关，这个孙之獬便早早率全家剃发改服投降，大表忠心，并真被召入朝中当了礼部侍郎。那时候上朝，都是按满官、汉官分列陛下，满人着满装，汉官们依然是汉人装束，"束发顶进贤冠，为长袖大服"。可这位孙之獬，却觉得穿汉服不足以表达自己"亲清媚上"之心，就主动也穿上满服，拖着辫子，钻到满官那一边去站位。结果，满官们说，你是汉官，滚！回到汉官这一边，汉官们说，你穿的是满人官服，也是一个字："滚！"搞得这小子又羞又愤，就上奏给皇上，提议必须把服装和发型再统一为满人样式，还说什么"陛下平定中国，万事鼎新，而衣冠束发之制，独存汉旧。此乃陛下从中国，非中国从陛下也"。这等于是说，您已经平定了中原，制度必须换新的。如果穿衣戴帽束发还是汉人制度，那岂不等于不是您征服了中原，反而是您认同了中原文化吗？这封奏疏，可算搔到了顺治皇上和摄政王多尔衮的痒处，连连赞赏，马上第二次下了剃发令。捎带说一句这位孙之獬的下场：顺治三年秋，他回山东老家探亲，起义的农民军恰好攻入了他在淄川的老家，将其活捉，五花大绑示众街市，愤怒的人们在他身上钉窟窿，再往窟窿里塞头发，然后他被斩首市曹，暴尸大街。

　　清朝为了确立自己的统治，就为了头发，究竟杀了多少人？这问题，考证资料很多，但我不愿意再详引。只看看当时官方关于剃发易服正式文告的一些文字表述即可：

　　"如有抗拒不遵，大兵一到，玉石俱焚，尽行屠戮！"

　　"民贼相混，玉石难分，或屠全城，或屠男而留女！"

　　"不随本朝制度剃发易衣冠者，杀无赦。"

　　"一人不剃发全家斩，一家不剃发全村斩！"

　　如果哪位朋友看过《扬州十日记》《嘉定屠城记》等史书，便会知道，这种"尽行屠戮""屠全城""杀无赦"及全家连坐、全村连坐的话，可不是在吓唬人，是真这样来杀人的。而当时在反对剃发的汉人之中，流传的一句口号则是："宁做束发鬼，不做剃头人！"这样两个口号的碰撞，必然带来残酷和残忍的斗争。

　　时光过去近五百年了，我们可以安静坐在自己家中的椅子上，说点历史唯物主义的观点。历史上统一天下、开疆扩土、改朝换代的战争多伴随着惨烈的屠杀，这应是常见之事。汉族政权自己不也干过这种事吗？要说今日之文明政治，本都是从历史上的野蛮逐渐进步、发展而来的。但回顾历史，还是令人叹息，最惨的是当时身处屠戮之中的国人百姓，他们招谁惹谁了？

　　还有一点可以再说说，那就是在"留头不留发，留发不留头"的这场战争中，其实并不只是清朝统治者在杀不愿剃发的汉族人，我们汉族人也在杀我们的同族。在一部无名氏所著的《研堂见闻杂记》(也有版本称"杂录")中,就有这样的记载。这位作者应该是江苏太仓沙镇人,所记内容应是亲历亲见,可信。

《研堂见闻杂记》中说,朝廷剃发令推广之时,"吾城(太仓)自削发后,惟乡民梗顽自如,有发者不得城行、削发者不得下乡,见者共杀之,乡城闭塞"。可见当时太仓城是被"削发者"占据,可称削发派,而城外乡间,多为不愿意削发者,可称"不削发派",双方都是汉人,同民族的人在对峙、互杀。书中讲,乡间的不削发派们是"日日饱饭,持竿望风",而削发派则不时"领兵冲出,亦四路举火,男女见之即杀",杀得乡间是"一望萧条,禾麻遍野,无人收拾",这样互杀了一个月。书中还记载了一场战斗的实况。说乡间有个当地"乌龙会"的会首叫陈瑶甫,是不削发派,纠合了一二十人,便自封总兵,号称有十万大军,并约战城中削发派。结果城中数百兵马杀到,寡不敌众,只能抱头星散。城中来的兵马,则是"见人即逼索金银,索金讫,即挥刀下斩","凡丛竹茂林及芦苇深处,无不穷搜",见了女人,还要"拥之行淫""掳之入舟"。一场战斗下来,"方幅数十里,杀人如麻"。

书中还讲了些邻近水乡发生的事,说当时有数千人藏在一个百余亩的芦苇荡中,李都督的兵一到,传出一声婴儿哭声,暴露了,然后是这数千人全部被杀。说一个叫七浦塘的地方,官兵杀人之后,"蔽流皆尸,水色黑而绿,行人以草塞鼻"。而这些同样是汉族的官兵,离去时,"所掠财物数千艘,衔尾载去。舟不能容,则委之水"。

最后,还有个必需的声明。我只是闲得无事,看书看到了些过去不知的事,想写出来供朋友了解,绝对不带民族情绪。汉朝清朝,都是中国历史的朝代,汉人满人,都是今日中国民族大家庭的成员,是同胞,是兄弟,早已"相逢一笑泯恩仇"。当然也有些感慨,那就是我的头发我做主,这也是个来之不易的文明进步。

欣赏是我自己的事

中国古代诗词,那可是一门极深的学问,还没见有哪个专家敢称自己在这门学问上达到了顶峰。从古代到现代,隔了几百几千年,时空转移了,习俗变换了,学习研究古诗词,当然会有些难处,不一样的语法结构,不认识的古字古词,湮没遗落的事件背景,规范严格的格式格律等,是有点难。但对咱普通爱好者来讲,不做学问,不妨抛开一切理论,只存欣赏之心,纯凭自我感觉。佶屈聱牙念不下来的,云里雾里不知所云的,不懂也罢。有简单的,有明白如话的,找些来读一读、欣赏欣赏,不丢人。君不见如今有牙牙学语的儿童,都在"鹅、鹅、鹅,曲项向天歌","欲穷千里目,更上一层楼"。这话绝没有挤兑人的意思。因为儿童之"牙牙",只是音节之模仿,不是欣赏。识字以后的人再"牙牙",才有欣赏之意。

不要把"欣赏"这两个字看得太玄了。上学的时候,学古诗词课文,那是要听老师的,老师说这诗是怎么回事,我们就记下来,成为自己的知识。长大了,读古诗词的时候,看重的是社会公认的评价,要听专家学者们有什么解释和定论,记下来,成为自己的观点。现在,成了老年人了,纯粹出于爱好,不求功利,只是欣赏,这完全是自己个人的事,只需要自己体会自己内心的真实情感。注释可以看,资料也可以查,但理解应该是自己的。理解的是对是错,与老师、专家们意见是否一致,都无所谓。

我特别欣赏的一首诗是汉朝乐府诗《江南》,就是一首极其简单易懂的好诗,诗曰:

> 江南可采莲,莲叶何田田,鱼戏莲叶间。
> 鱼戏莲叶东,鱼戏莲叶西,鱼戏莲叶南,鱼戏莲叶北。

诗中,"可采莲",不是说"可以采莲",是讲"正是采莲好时节","田田"两个字有些文绉绉,其实就是形容茂盛的样子。全诗三十五个字,都是大白话。记得当年也有同学对这首诗的出色不大以为然,说:"这也算古诗?"但这首诗我却非常喜欢,非常欣赏。几十年来,特别是在心情愉快的时候,这首诗常常涌上心间供自己欣赏,那难抑的感动会在心中萦绕久久。

这首汉代乐府诗,最早出现在南北朝时期编成的《宋书·乐志》中,说"凡乐章古词,今之存者,并汉世街陌谣讴,《江南可采莲》……之属是也",可见那时此诗还只是以第一句诗代名,就叫《江南可采莲》,属于古代乐歌,或者是"街陌谣讴",即田头路边胡同里老百姓的民歌民谣。又过了五百年,北宋时的郭茂倩编了本《乐府诗集》,煌煌然的一部大全,现存一百卷,就收入了这首诗,并且有了《江南》这个现在通用的诗名。

这首大白话式的古诗之所以能感动人、感染人,不在于你读到它时的第一眼,而在于读后入心的回味与反思。《古诗源》一书的编者、清朝大文人沈德潜评价这首诗只用了两个字:"奇格",即格调神奇。我理解,这是他在感叹,感叹自己这个才思敏捷,常在宫中陪着皇上,可以出口成章随时献诗的人,却写不出这样的好诗。这就叫人不可貌相,古诗也不可以貌相。

关于此诗的历代评价,我无心细查。个人的欣赏就是个人的欣赏,是个私人心理的天地,不去计较什么是非对错。比如,专家们认为这首诗其实是一首歌,是民歌,这我相信。汉朝乐府诗,本就大部分是宫廷自民间采风取来,有所删改修饰,但未失民歌本色。但专家又说,这诗可能前三句由领唱者唱,而后四句为众人合唱,这我虽不敢反对,但就觉得专家说得有点太多了。我这脑子里一旦出现了现代合唱队合唱的样子,便会觉得破坏了自己对这首诗的静心体味,有些煞风景,就不愿理会。再比如,还有人说,"这首采莲歌实际上乃是一首与劳动相结合的情歌","隐含着青年男女相互嬉戏追逐爱情的意思",这话可能也有道理,但我就是不愿意这么想,因为我自己不想把这首诗与"劳动号子"联系在一起,不想把这首诗与情人打情骂俏连在一起,不想把自己欣赏原诗的兴致破坏了。我只沉醉在自己读此诗的直接感觉之中,只有这诗进入我眼睛、流入我心中时那种简单的美:江南的水塘,茂盛的荷叶,但见鱼儿戏水,忽东、忽西、忽南、忽北,美极了。这种美,全在于这首诗通篇的白描和笔法。注意,除了"田田"两字外,全诗居然再没有用一个形容词!写一个极美的场景,竟可以不用形容词,这笔法,能说不神奇?说"可采莲",这似乎应该真有人在干活,可诗中又没一个字说到人。人呢?细思之,读诗的人,被诗感动的人,不就是正在微笑着欣赏鱼儿吗?人们评价初唐的王维是"诗中有画,画中有诗"的大师。我读《江南》,喜欢的正是那种诗中有画的感觉,你可以深深地沉浸在其中,沉浸在江南水乡里,沉浸在田田漫漫的莲叶中,沉浸在群鱼自由自在、翕忽嬉水的美画之中。这就叫大白话里出精品,这就叫民间亦有王维笔。欣赏,咱们这样的非专业人士可以把它看成是自己的事。心灵被感动了、心情被感染了,就是欣赏了,够了。

古诗《公无渡河》的魅力

读古诗其实可以不难。不必有什么功利目的，可以不专业，可以只挑些文字上简单的诗读，可以不必痴迷到整天摇头晃脑的地步。这样读，只需要些认真，就会生发出属于自己的宝贵感想。

我读了古诗《公无渡河》，一大感想就是觉得这诗真有魅力，甚至可以说有一种魔力。初读之时，觉得诗很简单，请看：

公无渡河，公竟渡河。
堕河而死，将奈公何。

这有什么呀！四言一句，四句十六个字，连个"之乎者也"都没有，连个不认识的字都没有！就是在不同的版本中，"将奈公何"的"将"字，也有的另作"其"字或"当"字，这也对全诗释义影响并不大。但且慢，接着继续查了些有关这首诗的历史资料，然后对这诗的认识和理解竟渐渐进入了神奇的新天地。

这首古诗在历史上其实有两个名字，一为《公无渡河》，还有一个名字叫《箜篌引》。追溯历史记载之源，这诗最早应该叫《箜篌引》，收录在东汉蔡邕所著的《琴操》一书中。闻名知意，这是一首用箜篌演奏的古曲，四言十六个字是古曲的词。可见这个名字在历史上的流传,走的是中国古代音乐史之路。《琴操》一书早佚,现在能看到的乃是后人从各种古书中辑录再编而成的,内容介绍了各类古琴的形制,并记载了五歌、九引、十二操和二十多首"河间杂歌",附录了大量歌词。《箜篌引》即"九引"中的第七首。而另一个名字《公无渡河》,其流传则走的是中国古诗歌之路,是作为一首著名的乐府流传下来的。用诗的首句命名也是乐府诗歌的一个常见方式,所以这诗也被命名为《公无渡河》。

这首诗并不简单。首先,它有一个非常动人的背景故事。在《琴操》一书中讲:"《箜篌引》者,朝鲜津卒霍里子高所作也。子高晨刺船以濯,有一狂夫,被发提壶,涉河而渡。其妻追止之,不及,堕河而死。乃号天嘘唏,鼓箜篌而歌曰:'公无渡河,公竟渡河,公堕河死,当奈公何!'曲终,自投河而死。子高闻而悲之,乃援琴而鼓之,作《箜篌引》以象其声,所谓《公无渡河》曲也。"

"津卒",即在河边管理渡河之事的兵卒,叫霍里子高,是个古朝鲜族人。"刺船以濯",可能是在刷洗渡船之意。手中提的"壶",有人解释说是葫芦,有人说是酒壶。

我就是读了这个背景故事之后,心突然被震撼了,诗的魅力出现了。诗还是十六个字摆在那里,可是读诗的心,油然而生出一种被强烈冲击的感觉,那是个画面:一个头发披散的男子,满面固执的神色,腰里挎个葫芦就去渡河,结果淹死河中。一个痛苦之极的妻子,对着滚滚无情的河水,撕心裂肺地悲诉;说了叫你别去别去,你却偏去渡这条河。到了死在这条河里,你这个老家伙,让我怎么说你哟,悲哭之声在天地间回荡……

诗本身所讲的这个故事,只是一个很简单的过程,只叹了一句"将奈公何!"但却让人动心、让人动情、让人动容。我是被一首在天地间回荡的悲歌感染了,仿佛看到了一个固执赴死的男子与一个苦苦哀劝的妻子之间曲折的纠缠,仿佛看到了那诡谲的河水在挟裹着一条固执的生命滚滚而去。唉——!我情不自禁想问问这位老兄:吃饱了撑的,你干吗非去渡河!

这就是个大问题。那位男子为什么非要渡河?诗里没说。就是因为没说,读诗的人们感动了,但感动的内容却千差万别。这个千差万别的感动也随着这首诗流传了千百年,因而形成了更深一个层次的魅力。

简单查了一下。就是这首十六个字的古诗流传了近两千年,其间引来数不清的诗人为之感动,而且都要用诗来抒发各自的那份感动,而且讲的都是同一个话题,还都用了同样的标题,都叫《公无渡河》或《箜篌引》。这其中包括顶级大诗人李白、李贺、陆游,还有南梁朝的刘孝威,唐朝的王建、温庭筠、王睿、陈标、李咸用、水神、白玉蟾、黄简,宋朝的宋无、孙嵩、王炎、杨冠卿、姜夔,元朝的杨维桢,明朝的詹同、王叔承等等。这些后来人的《公无渡河》,篇幅更宏大,语言更华丽,说理更深刻,抒情更动人,显得原诗好像只是一个穿着背心裤衩的小孩子,但细想想,这些后人的诗写得再好,其实也还只是在为原诗作"读后感",或者说是在做一道填空题,用自己的具体感受和理解在填写这首诗没有明说出来的意义而已。

我不可能将这些诗都具体引出来,只能略说几例。

李白的《公无渡河》,起首一句"黄河西来决昆仑,咆哮万里触龙门"。原诗并没讲淹死人的是黄河。而李白的感动,却一下子跳到了黄河。然后李白居然又讲大禹治水之艰难,最后又转到这位男子"箜篌所悲竟不还"。这分明是感叹和赞扬男子的固执精神与大禹有相通之处。

李贺的《公无渡河》,则想到的是"屈平沉湘不足慕",明显是这诗勾起他心中一直对屈原"赴水沉沙"做法的不赞成。诗中说，家里还有贤兄、小姑等亲人，本可以衣食无忧地过小日子，何必自己死了，还给亲人们留下无尽的悲哀。就是在批评这男子和屈原的固执。

唐朝王建的《公无渡河》，说"幸无白刃驱向前，何用将身自弃捐"，就是说又没人拿着刀子逼你，你自己不爱惜自己的生命，那只能是"公无渡河公自为"，这事你自己负责吧。这已经是在指责了。

唐朝温庭筠的《公无渡河》，则是通篇极力描述"黄河怒浪连天来"无坚不摧的气势和场面，结尾一句才说到男子之死，说是"公乎跃马扬玉鞭，灭没高蹄日千里"，这可是一个诚心赞颂的形象，几乎是把男子看成了一个英雄。

陆游的《公无渡河》，起首便是"大莫大于死生，亲莫亲于骨肉"，说明他最感叹的，是原诗在生死这个大事上体现出来的骨肉亲情的宝贵。而后边一句"望云九井兮白浪嵯峨，刳肝沥血兮不从奈何"，明着是说妻子的苦口良言，但实际更像在感叹自己也满腔忠言，却不被朝廷采纳。这是借酒浇愁的牢骚。

唐朝王睿的《公无渡河》，突出了妻子的从死之情。"当时君死妾何适，遂就波涛全魂魄"，并说到"愿持精卫衔石心，穷取河源塞泉脉"，赞扬这位妻子有一颗"精卫衔石"的心。而南梁诗人刘孝威的《公无渡河》，一句"衔石伤寡心，崩城掩孀袂"，不仅讲到精卫，还赞扬那位妻子堪比哭倒了长城的孟姜女。

篇幅有限，我不能把查到的诗都介绍出来。总之，查了二十多首诗，都是各有各的角度，各有各的侧重，但都是被这诗触发的感受。这一方面正说明这首诗真是入了各位诗人的心；另一方面，具体感受内容的不同，则与各诗人自己的切身经历、人生经验有关。能让历代这么多大诗人们心甘情愿地为这首十六个字的古诗抒"读后感"，写"填空"诗，您说这首诗的魅力有多大！

　　这首《公无渡河》魅力之大，魔力之大，能大到什么程度？梁启超先生是近代号称笔端最有魔力的顶级大文人、大学问家。而这诗竟然能让先生感动得说不成话。我在网上看到一个署名"睡不醒的至尊宝"的网友文章，引了闻一多先生讲过的一则故事。说闻一多当年做学生在清华听梁启超讲这首古乐府。梁任公先把那首古诗写在黑板上，然后摇头摆脑地朗诵一句："公、无、渡、河"，接着大声喝彩叫一声："好！"然后再重复地念："公、无、渡、河，好！""公、无、渡、河，好！""堕河——而死，将奈——公何！好，真好，实在是好！"任公这样自我陶醉地一唱三叹，一声高似一声，并无半句解释，朗诵赞叹过后，高呼道："思成，抹黑板！快抹黑板！"这诗就讲完了。

　　据说诗仙李白当年在黄鹤楼看了崔颢的黄鹤楼诗，只说了一句"眼前有景道不得，崔颢题诗在上头"，不写了。这是因为崔颢的"白云千载空悠悠"和"烟波江上使人愁"写得太好了。但这首《公无渡河》只用了十六个字，居然可以让启超先生说不成话，还能让李白先生不得不再动笔，写出十八句激情恣肆的《公无渡河》，还把赴死的男子与大禹相提并论，您说，这诗的魅力岂不是可以说超过了崔颢的《黄鹤楼》？不过这话只是我非专业的感想，您别轻信。

我很丑但可以很优秀

与几个朋友聊天的时候,聊到了当下崇尚颜值的社会风气。一位老兄十分感慨,说古代人们对美貌的赞扬,是用"佳人""硕人"一类词,改革开放后兴叫"美女""美男"。而现在,先出来了些"白富美""高富帅",最近可好,叫起什么"美眉""小鲜肉"了。想到菜市场上卖肉的大案板,总觉得把人叫成"鲜肉"有点儿别扭。

另一位老兄则说,现在职场上招聘用人也重颜值了。面试场上,一般的人进来,面试官例行公事地问完了,然后大多是一句"回去等通知吧"。可要是进来的是"美眉""高富帅""小鲜肉",那面试官们常常眼神立马生动起来,满面堆上春光,态度诚恳亲切,最后一句话大都是"再见、再见"。让人觉得这态度肯定会影响招聘结果,影响公平。

我这个人的颜值就属于中等偏下,但性格粗疏,不修边幅,平时不大关心自己颜值的社会反应和社会影响。但要说起这个事,只是觉得爱美之心人皆有之,这是人的本性。社会是个大舞台,相貌漂亮颜值高的人,在交际和交往中给人的第一印象就是赏心悦目,自然会占些便宜,可以不必扯到社会公平上去。前些年有一首歌叫《我很丑可是我很温柔》,不是同样很流行、很受欢迎吗?说到底,社会用人和评价人,最终还是要看德看才,这才是用人的人根本利益所在。所以，就想聊点给我们这些颜值不太高的人助威的事。

古人把貌丑的成功人士称为"丑丈夫"。我从《渊鉴类函》中摘出了几则"丑丈夫"的资料。

据《史记》载，"澹台灭明状甚恶"。澹台灭明，字子羽，是孔子的弟子，孔子却因其貌丑陋而看不上他。后来澹台灭明游学到了楚国，大受欢迎，自立门派，收徒三百多人，育人无数，享誉各国，凭自己的才学品德成为一个大教育家。孔子为此曾自责是"以貌取人，失之子羽"。

再如，据《晋书》载，"左思貌陋而口讷"，即长得丑还结巴。但左思可是大大有名的文学家。他的《三都赋》写出来，时人竞相传抄，使得京城洛阳的纸都成了紧俏的商品，价格被炒高了几倍。成语"洛阳纸贵"就是从此而来。

再如，据《旧唐书》载，欧阳询"貌甚寝陋"。这"寝陋"二字，我琢磨了半天，认为它是说不仅相貌丑陋，而且神态也总是一副睡不醒的疲惫样子。可人人都知道欧阳询是中国历史上顶级大书法家之一，人称其楷体书法是"翰墨之冠"，并说他"八体（书法八体）尽能，笔力劲险。篆体尤精，飞白冠绝，峻于古人"。《旧唐书》还记载，当时高丽国曾专门派使节到唐朝求赐欧阳询的书法作品，唐高祖李渊感叹地说："不意（欧阳）询之书名，远播夷狄。彼观其迹，固谓其形魁梧耶！"就是说没想到欧阳询书法的名气都传到远邦外国去了。他们看了欧阳询的书法，一定会以为他是个身形魁梧的大丈夫吧。看来，所谓"字如其人"的说法，主要还是指人的内在气质。

古代大哲学家庄子还讲过一个十分生动的故事，记载在《庄子·德充符》中。说鲁哀公对孔子说："我曾经听说卫国有个人叫哀骀它，极丑，而且跛脚驼背，没权没势也没钱，也不爱说话。可是周围的男人们都成天围着他转，愿意与他相处，有好几十个女人请求父母把自己嫁给他，说要嫁就嫁哀骀它，就是当妾也行。我（鲁哀公）就把哀骀它请来，一看，果然相貌丑恶得堪称天下第一。但是我和他相处了不到一个月，就觉得这人真好，愿意天天与他在一起。不到一年，我已经绝对信任他了，而且想让他来管理我的国家。好说歹说他来帮我管理了，可没多久就又不辞而别了，闹得我这心里就好像丢失了最宝贵的东西一样，觉得当这个国君也没什么意思了。"鲁哀公接着问孔子："您说说，这哀骀它是个什么样的人呢？"

孔子回答道：这是一种"才全而德不形"的人。小猪不离母猪，不是因为母猪长得好看，而是因为哺育之情，战死疆场的烈士使人怀念，不是因为他们的坟墓修得奢华，而是他们为国而死的精神感人。所以，能真正感动人的，不是人长得是否好看，而是看他是否具有能感动人的德性。哀骀它不用多说话，别人就信任他，不用帮人干什么事，就让人觉得可亲，甚至连国家都愿意让他来管理。这种人是一种胸有大才但德性不外露的人。这种人的大才，是他们已经懂得了生死存亡、贫穷富贵、人生毁誉的自然规律，并能够顺应自然规律，与万物和谐相处。但他们的德性又不外露，就像一杯平静的水，满满的却又不洒出来。这才是能做大事的根本德性，是每个人都愿意不离不弃地追求和亲近的德性。我觉得，庄子讲的这个哀骀它先生，那是真给我们颜值不高的人长脸。相貌的所谓美与丑，主要是遗传而来的，没得挑。但才能、德性是后天学习培养锻炼而来的，是人在社会上自我努力的结果。这些大道理，其实人人都明白。对于我们来说，先天的、不能选择的，就坦然接受它，不必为之苦闷烦恼；可以通过学习得到的，我们就做一个有心人，去学习、去努力、去得到，然后我们可以自豪地说：我很丑但是我很优秀！

古代美男子的那些事

上一篇文章《我很丑但可以很优秀》，只是一篇闲聊天的游戏文字，本是看眼下社会、媒体追捧"高颜值"，想为我们这些颜值中等以下的人说点好话，忘了声明一下，我可不是反对或忌妒人家美男子们。面对颜值比我们高的，我的心里主要还是羡慕。

但有个自称懂心理学的朋友看了我的文章，来与我搭话，说了一个观点。他说，从人的心理成长过程看，一般颜值特高的人，大都从小容易得到家长、亲友、老师、同学、领导、同事的偏爱甚至溺爱。这本是好事，但如果高颜值美男女们自己不能正确对待这些爱心，也容易被自己惯出一些心理上的毛病，比如自私任性、心胸狭窄、意志薄弱等。他还举了例子，说古代一些有名的美男子，如潘岳、公孙子都、邹忌，都有这样的毛病。

我查了一下资料，他举的几个例子在历史上确实存在。

春秋时期，郑国大将公孙子都，号称"春秋第一美男"，深得郑庄公宠爱。据《左传》记载，郑庄公要兵伐许国，在给诸将分配装备时，公孙子都与另一员大将颖考叔争一辆战车，颖考叔力大，扛起那辆车就跑，公孙子都追不上，窝了一口气，这就记下了仇。到了战场上，攻城战斗中又是那个颖考叔举着郑庄公的大旗率先登上城楼。这公孙子都一看，急了，竟然偷偷在后面弯弓搭箭，暗算颖考叔。这种把个人的恩怨带到生死战场上,不惜用暗算战友的手段报私仇的做法,得是多么任性、多么自私,心胸多么狭隘的人才能做得出来!

再说邹忌,就是语文课本中《邹忌讽齐王纳谏》中的那个邹忌,"修八尺有余,而形貌昳丽",是齐威王的相国。他从妻子、妾、客人对自己美貌的溢美之词中认识到,出于爱、出于畏惧、出于有求于人,都会使人做出不客观的评价甚至违心撒谎。他因此向威王进谏,说在考察干部时一定要注意这个弊病。这事做得很有政治眼光,让人钦佩。但据《战国策·齐策》记载,这个邹忌也有心胸狭窄的毛病。他与将军田忌合不来,就与人合谋害田忌。先鼓动威王派田忌去伐魏国,打算如果田忌伐魏战败,则就势问责,杀掉田忌。没想到,田忌出兵,三战三胜。邹忌一计不成,居然又设局,派人去街上找了个卦摊假装去算命,然后扬言自己是田忌的人,刚刚三战大胜归来,问如果想借机造反,这事能不能成。随后邹忌又立刻令人去抓了这个算命的,问出口供当证据,上报威王,诬陷田忌要造反。田忌有口难辩,被逼只好出逃去了楚国。可见邹忌这位美男子,确实有才,也确实心胸狭窄,不容人,且心狠手辣。

至于有"古代第一美男子"之称的晋朝潘岳,又名潘安,是个才华横溢、颇有成就的文学家,近两千年中国人都用"貌比潘安"来形容男人美貌之极。据《世说新语》一书记载,潘岳"妙有姿容,好神情",走在大街上,"妇人遇者,莫不连手共萦之","老妪以果掷之满车",就是说女人们都争着上去套近乎,拉着潘安的手舍不得撒,连老太太们也忍不住往他的车上送水果。那些大街上跟他套近乎的女人们,其实没几个是冲着他的才华去的,就是喜欢他的高颜值。但是据《晋书·潘岳传》载,这潘岳在政治上其实是个名声极差的官僚,为人"性轻躁,趋世利",并谄事当朝权贵贾谧,用手中的笔害过不少人，最后是在党争中招致杀身之祸，并被夷了三族。

上面说的这几位历史上的美男子，可以说都因为是美男子而青史留名，但也都确实有自私、心胸狭窄、任性甚至趋炎附势的毛病。但这事可不能以偏概全，绝不能因此就说凡是美男子就都有这些毛病，只能说这几个人相貌虽美，但品德修养有致命的缺陷。

民间历来有"古代四大美男"的说法，有资料说是潘岳、兰陵王、宋玉、卫玠这四个人，这个次序不知是按什么标准排的。这四个人里，除了上面讲过的潘岳以外，其他三人可都是品貌双全的好男儿。我把这三个人的资料也查了查。

兰陵王本名高长恭，是北齐王室，封爵兰陵王，不仅是个文武双全的绝世美男，而且身世神秘又富传奇色彩。我们不讲民间传说的故事，只讲正史所记。《北齐书·高长恭传》中说兰陵王是"貌柔心壮，音容兼美"，《旧唐书》中说他是"才武而面美"，据说还有《隋唐嘉话》一书说他"白美类妇人"。兰陵王长得漂亮，军事才能又冠绝当朝，战功赫赫。他带兵打仗时，不仅"躬勤细事"，而且"每得甘美，虽一瓜数果，必与将士共之"，所以深得兵民人心。人长得顺眼，人品又好，是皇族，声望民望还高，于是便被北齐后主猜忌有不臣之心。后来他只好称疾在家，不问政事，但还是被北齐后主赐了毒药。当时他的妃子还劝他去向后主当面解释解释，他悲愤地说："天颜何由可见。"言外之意就是：事已至此，还解释什么！死前兰陵王还把人家欠他的欠条都烧了。好人！

宋玉，是与屈原同时的楚国人，据说曾是屈原的学生，但在文学史上是与屈原齐名的楚辞大家，二人并称"屈宋"，其才学可知。《史记》中并没有宋玉的传记，只是在《屈原贾生列传》中提了一句"楚有宋玉、唐勒、景差之徒者，皆好辞而以赋见称"。但有一本晋朝人习凿齿著的《襄阳耆旧记》，其中有宋玉的传记。查了一下，传记中却只说宋玉"识音而善文"，并没有说他长得如何如何美貌。我想人们都说宋玉是个美男子，恐怕都是源于宋玉那篇著名的作品《登徒子好色赋》。在这篇赋中，宋玉自己说，大夫登徒子在楚王面前说宋玉的坏话，说宋玉这人"体貌闲丽"（长得漂亮），"口多微辞"（能说会道），又特别好色，您可别让他出入后宫。这楚王就问宋玉是怎么回事。宋玉回答说，我长得漂亮，这是老天给的，能说会道，这是勤学而成，至于好色，没那么回事！全国最美的大美女，就住在我家东边隔壁，那人的美貌是"增之一分则太长，减之一分则太短，着粉则太白，施朱则太赤；眉如翠羽，肌如白雪，腰如束素，齿如含贝"，她要是嫣然一笑，更是倾国倾城。可就这么个大美人看上了我，隔墙冲我暗送秋波三年，我都没动过心。怎么能说我好色呢？可能就因为这个《登徒子好色赋》，人们想当然地认为宋玉肯定是个天下第一的美男子。所以说，宋玉被列为古代四大美男子之一，这事不能否定，但根据恐怕有点虚。

再说卫玠。卫玠的传在《晋书》第三十六卷，他的传记中对其美貌的记载非常详细，远超兰陵王和宋玉。《卫玠传》中说，他是晋朝武帝、惠帝时期的人，而且属晋朝大门阀王氏家族，他的舅舅即骠骑将军王济。卫玠字叔宝，从小就以貌美闻名于世。五岁的时候，人称"风神秀异"，七八岁时，坐着羊车（晋朝时俗）上街，"见者皆以为玉人，观之者倾都"，长大以后，他亲舅舅与他在一起时感叹，说他"朗然照人"，觉得是"珠玉在侧，觉我形秽"。卫玠又聪明好学，"好言玄理"，用现代的话讲可能就是专攻哲学，而且一谈起哲理，亲友无不咨嗟叹服，那是相当有造诣。卫玠名声大了，朝廷几次要他出来做官，他不干。后来难以再推脱，就在当朝太傅衙门里做了个西阁祭酒的官。卫玠从小体弱多病，有学问，但为人庄重，喜怒不形于色，人说他"终身不见喜愠之容"。这人政治头脑特别清醒，觉得世道要乱，就辞了官带母亲躲出京城，移居到了江夏（现在的武汉）。遗憾的是，卫玠年仅二十七岁就病逝了，葬于南昌。在京城时，因为卫玠美貌的名气太大，只要一出门，总是引来"观者如堵"的现象，所以死后就有人说，卫玠是被人们围观死的。可惜呀可惜！

　　以上就是古代美男子的一些事，不知朋友们看了会有什么想法。我说，甭管您颜值高低，千万不必有什么想法，或有点儿什么想法也千万别说出来。这事敏感，怎么说都会有人不高兴，何必呢。聊天呗，北京有句俗语，哪儿说哪儿了。

"勾当"与"行走"的学问

近期报上有条热门消息,说在中国嘉德拍卖会上,一幅名为《局事贴》的宋代书札成功卖出两亿元。一份作为书画珍品的历史书信能值多少钱,我不大懂,感叹一声就过去了。但我在关于这件文物的介绍中,却学到了一点历史知识,长了点学问。

相关文章中介绍,这封书札的作者是唐宋八大家之一的曾巩,信是写给一位被曾巩称为"运勾奉议无党乡贤"的朋友的。什么叫"运勾奉议无党乡贤"?文章中解释,"乡贤"即老乡的别称,"无党"是这位老乡朋友的名号,"奉议"是奉议郎(官职名)的简称。还有"运勾"二字,说这是"转运使司勾当公事"这个官职的简称。我说的长学问就是在这儿。

"勾当"这个词儿,在中国古代,可查出南北朝、唐朝的书面例子,的确就是中性的管理事情的意思,但在现代汉语中,似乎是个带贬义的词儿。如果有人问:"你干的是什么勾当?"这实际是在质问你干的是什么有违公德的坏事儿。可是在曾巩时代的宋朝人那里,这"勾当"二字不仅是个好词,而且成了国家公务员的官名。有意思!介绍文章中提供的例证是《宋史·职官志》,我就也无事忙地去翻了一回。

咱只是粗粗地翻书,可不是认真的学术考证。在林林总总的官职名称中，没找到"运转使司勾当公事"，但查到皇帝各地行宫的官员设置中，有一个"郊坛巡检巡阑仪仗勾当"，设在皇帝行宫机构中，按字义应是管理皇帝郊坛祭祀仪仗工作的一个官职。这证明"勾当"确实是一个官职名称。

虽没直接查到"运转使司勾当公事"，但查到了"运转使"。这是宋朝设在路级、省级地方掌管财赋的官员。我还发现，在与财政赋税管理工作相关的官员职名中，带"勾"字的名称还有不少，如勾押官、勾覆官、勾院判官等等。以勾院判官为例，其职能是"掌勾稽天下所申三部金谷百物出纳帐籍"（所谓三部是指盐铁、度支、户部），可见这里名带"勾"字的官名的职能，多半有账目审核审计性质。也可见上面举的"巡检巡阑仪仗勾当"的职能，多半也是指对皇帝郊祭时仪仗设施的账务管理。至于勾当中"当"字的意思，我想，可能是表示合适、通过、验讫。就像我们现在上学交了作业，老师阅判的方式，也是对了就打钩差不多。所以，"勾当"多表示机关里主管财务审计稽查的官。只不过时代变了，语言习惯变了，现代这个词已经异化为一种干坏事的代称了。明白了这个，您看是不是长了点学问？

类似"勾当"这种语义随时代改变而被后人不好理解的语言现象，我还想到了一个，叫"行走"。现在我们生活中说行走，大都只是指人的行动，就是指走路。可这词在清朝乃至民国初期，也是一种官职名称。

清代曾把不设专官的机构或非专任的官职称为"行走"，如章京上行走，军机处上行走。至北洋军阀统治时期，仍有把正式员额之外派遣的官职称为行走，不属正式编制。我又查到《清朝野史大观》一书中收有"军机处行走""军机处"等条，说得就详细些了。书中说："乾隆朝大臣入军机者，亦曰军机处行走。后章京曰军机处行走,大臣曰军机大臣上行走。"这就是说,"行走"这词正式成为官职名称,大约缘起于乾隆朝设的军机处。军机处机构是乾隆由雍正时的"军需房"改称而来,专门负责协助皇上处理大事和替皇上拟旨的,人员都是皇上选的亲臣重臣,所谓"承旨出政,皆在于此"。这些被选入军机处的人员,又都是各有本职职务的,所以就是任命某官某人为军机处行走。再后来,"行走"作为官职名称日渐固定,大臣一级的就被称为"军机大臣上行走",而军机处内的章京们(即事务主管级的干部),就被称为"军机处行走"。而再后来,官员刚被选入军机处时,名称上还要加"学习"二字,如"军机大臣学习行走""军机处学习行走",使得"行走"这个官职俨然成了一个系列。担任行走的这些大臣,并不免去原来的本职职务,所以说从中担任行走这种官职,虽不能说是兼职,但也确实带有一种兼职的性质,有点像现在的官员们,本身有职务,又被任命为更上级的什么"领导小组成员"一样。

  行走这种官职,一直延续到民国以后。北洋军阀时期就常把额员以外的任命称为行走,如"参事上行走""秘书上行走"等等。在清朝时期,当上行走这个职务,颇有重用的意思,而北洋军阀时的行走,则变成一种临时安排,一种闲散之职了。近些年,清宫剧多如牛毛,我发现"行走"这个词居然又有人使用了,但已经是人们日常生活中的一种调侃了。比如朋友见面问候,常会听到一句风趣而不失亲切的问话:"您最近在哪行走?"意思就是:您最近都在哪赚钱呢?

和尚那地方其实不叫庙

我们平常都把和尚居住和进行宗教活动的地方称为"庙",这似乎没人有什么异议。但查《现代汉语词典》,说这个字的第一义项是"旧时供祖宗神位的处所",第二个义项才是"供神佛或历史上有名人物的处所"。

但对这个解释,我们还可以继续再深入考查。比如北京故宫东侧那个宏大的建筑,供的是皇上家祖宗牌位,正式名称就是"太庙",没问题。河南安阳,那个供奉岳飞牌位的地方,正式名称就叫"宋岳忠武王庙",也没问题。再看各地道教的城隍庙、土地庙,只要建筑上标出了正式名称,也必是叫"城隍庙""土地庙"。这些都证明词典的解释是对的。但奇怪的是,如果你到各地佛教场所去看看,凡是标出的正式名称,却保证找不到一个"庙"字。而且,皇皇巨著《佛学大辞典》中根本就没有"庙"这个条目。这似乎在证明,佛教自己其实并不把自己的这块地方称为庙。这真是一件有意思的事。

我查了些资料。把和尚的那块地方叫庙,应该只是个社会俗称,不是正式名称。那么佛教自己称自己这块领地是什么呢?称为"寺"。《佛学大辞典》中有专门条目解释,"寺"是中国佛教的术语,可对应互译的是梵语"毗诃罗"。毗诃罗,意思即为"僧坊",

即僧人专门居住和活动的地方。

在中国称佛教僧人专门居住活动的地方为"寺",是从汉代开始的。据说秦朝时已经将官员任职之所通称为寺,汉朝许慎所著的《说文解字》,把"寺"的意义解释成"廷也,有法度也","廷"即朝廷,就是国家理事的场所。《汉书》卷七十七《何并传》,其中一句"令骑奴还至寺门",唐朝颜师古的解释就是"诸官曹之所,通呼为寺",即说官曹们办公的地方通称为寺。可见,汉朝时"寺"就是官员办公场所之通称。您别笑,这"寺"字曾经与现在国家公务员办公室的意义是相通的。汉朝所设立的中央管礼宾的职能部门,就称鸿胪寺。古代先后还有什么大理寺、太常寺、光禄寺等职能部门,就不一一解释了。

这就可以说到为什么把供佛之地称为寺了。《佛学大辞典》中说:"(汉)永平中佛法入中国,馆摩腾、法兰于鸿胪寺。次年敕洛阳城西雍门外立白马寺,以鸿胪非久居之馆,故别建处之。其仍以寺名者,以僧为西方之客,若待以宾礼也。此中国有僧寺之始。"这就是说,东汉明帝永平年间,汉明帝派人到天竺请来聂摩腾、竺法兰两位高僧来中国传播佛法,到洛阳后先住在朝廷专管礼宾的鸿胪寺。但公务员们的办公室毕竟不是客人久居之处,便专门给他们在外面又建了一个建筑,命名时延续他们原住鸿胪寺的"寺"字,又因为这两人来时是用一匹白马驮着经书到洛阳的,就把这个建筑命名为"白马寺",并成了佛教专用的建筑。洛阳白马寺便是中国佛教第一寺。从这以后,随着佛教在中国的传播发展,佛教专用的地方就都叫成了什么什么寺。这事延续至今,佛门自己可并未正式改动过。

所以,现在把和尚们这个专门的地方称为庙,乃是一种世人俗称,是人云亦云的一种习惯,甚至佛教僧人自己口语上也有这样使用的。但走遍神州大地，至今所有佛门土地的正式名称，还是坚持叫"寺"，没有称"庙"的。

当然，要说所有佛门地都叫"寺"，这话其实也不尽然。佛教的寺，也有佛门正式承认的别称。

我记得，四十年前曾经与几位同学去五台山游玩。那还是"文革"后期，五台山各家寺庙入眼都是颓败不堪。我们徒步翻山进到五台，首先进的一座寺，墙上大字写的却是"广济茅蓬"。当时我们奇怪，怎么这个庙不叫寺，却叫个什么"茅蓬"。现在知道了，这"茅蓬"便是寺的一种别称，而且广济茅蓬在佛教界名气很大，始建于清康熙年间，佛门中也称碧山寺。

另外，也有些寺叫"禅院"，主要是禅宗。如少林寺历史上曾有德政禅师在广东建寺，寺名就叫"少林禅院"。《佛学大辞典》中专有"禅院"的条目，解释为"禅宗之寺院"，但又说一般修禅之院房也可叫禅院，所以这不算佛教"术语"，而是"杂语"。

寺还有一种别称叫"精舍"，《佛学大辞典》亦有条目，说这是"寺院之异名"。《魏书·外戚传·冯熙传》有个记载，说冯熙是北魏高宗文成帝的小舅子，此人"信佛法，自出家财，在诸州镇建佛图精舍，合七十二处"。冯熙到处请来和尚，整日一起论经说法，这精舍就是和尚们居住和活动的专门场所，也可证明精舍确实是寺的一个异名。

你的手串儿开光了吗？

我是附庸风雅，学人家也弄了个号称紫檀的手串儿套在了腕子上，与朋友聊天时，也假模假样的把手串儿握在指间搓来搓去。一位朋友见了，立马看出我是个外行，很认真地说："这手串儿可不能像你这样盘。"他拿过去做起示范，珠子在手指间转起圈儿，可珠子与珠子不相蹭，没声儿。他说："像您这样珠子在手里蹭，多好的手串儿也蹭坏了，糟蹋东西。"我一听人家内行，赶紧说是是是。然后，他又问了我一句："您这串儿，开过光吗？"这可问到咱知识盲点上了。我赶紧请教："开光是什么意思？"他很热情地教导我说："开光，就是把手串儿交到庙里，请高僧给珠子念个经，这珠子才能有祛病消灾的灵气。"我挤出满脸感激说："真的？我回去也想法儿去给手串儿开个光。"

其实，我这人的世界观一直是坚持唯物论，并不信庙里神灵的事，不相信一个手串除了活动手指健身外，还会有什么神佛保佑的神灵功效。可毕竟知道了人家圈里的人戴手串儿还有开光这么个讲究，觉得这也是一种学问。回家我就开始查什么叫"开光"。

先查的是丁福保先生的《佛学大辞典》，其中有"开光"的词条，说这是佛教术语："佛像落成后，择日致礼而供奉之，谓之开光。"又说："亦曰开眼，或曰开眼供养。《佛说一切如来安像三昧仪轨经》曰：'复为佛像开眼之光明，如点眼相似。即诵开眼光真言二道。'"这解释应该是比较权威了。开光，即佛像落成后，选吉日正式搞一个仪式，标志这尊佛像可以开始受人香火、受人礼拜了。也可以称"开眼"，因为仪式的核心，要按佛经念上两道"开眼光真言"，再以画笔点出眼睛，开佛眼之光明。这还真有点儿成语"画龙点睛"的意思。古代梁朝的大画家张僧繇，画龙不点眼睛，而一旦点出眼睛，那龙就化成真龙破壁飞走了。佛像的建造，原本只是一堆泥土木头，俗物而已，被做成了佛像的形状。但这些俗物做成的土偶木偶，什么时候竟有了被人顶礼膜拜的资格？从量变到质变的关键点，就是点睛开光这个仪式。可见开光仪式在佛教仪轨中的重要意义。

但是，《佛学大辞典》里说的开光，好像只是指佛像，并没提手串儿这类物品也可以开光。我又在网上查到一个现代的解释。

"百度知道"中有"开光"这一词条，解释是："在宗教中，经过开光的神像具有宗教意义上的神圣性，受到信众的顶礼膜拜，使法物具有特别的灵力。"这与《佛学大辞典》上的解释是一致的。但接着又说，从宗教意义上来说，开光是对"神像、法物赋予其特殊的灵性，成为可以护佑自己的圣品"。这里出现了"法物"的概念，好像有点儿与手串儿沾边了。我们自己的手串儿本来算不得法物，但是请庙里高僧专门对它念了经，开过光后，也就可以进入法物之列了。佛教仪轨也是历史发展而来的，手串儿也可以开光并成为法物这一点，可能是佛教推广发展过程中后扩展出来的内容，虽有点儿不那么原汁原味，但总可以证明是被现行佛教承认的。

接着看"百度知道"，有一点很出乎我的意料。说开光这一宗教仪式，要刨到老根儿，其实是来自中国的道教。在道教中，开光的意思就是把宇宙中无形的、具有无边法力的真灵注入到神像中去，神像也因此开始具有无边法力的灵性。而中国佛教，原本只有佛像加持的仪式，只因与道教的开光在意义与形式上都相通相类，所以千百年流传下来就"混为一谈"，统一都叫开光了。这下子我大概算整明白了。虽然我们现在很少见道教的开光仪式，但热门的所谓佛教开光，起源却还是咱们中国本土的道教文化。这么说，中国佛教现在的所谓开光，其中还有道教文化做出的贡献。令人感叹。

在查到的资料中，也有让我不大理解的。比如，我还在网上看到一则有关开光的小视频，是一位自称"高僧净空法师"的佛门之人的讲课视频。他说："什么叫开光？是新的佛像建好后的启用典礼。"这话与前面的历史资料都对号。但他接着说，开光仪式是为了让我们"看到这个佛像，开启我们自己慈悲的光。是佛像开我们的光，不是我们开他的光！……我们开佛菩萨的光，还要佛菩萨干什么？这是个错误的观念。"这说法我可对不上号了。通过开光，使一堆泥土木头做成的佛像具有了神灵，这解释挺顺的，怎么忽然又成了不是给建成的佛像开光，而是开我们自己的光？究竟是人通过开光使神像法物有了神灵性，还是人们通过仪式在给自己开光？

总而言之，大概地知道了佛教开光的意思，也就明白了开光是佛门中一件很庄严很有意义的事。人家劝我们这些俗家人把手串儿这类东西做一个开光，信不信都无妨，人家可是好心。记得孔夫子好像也不信鬼神，但他不主张去争辩，只是说"敬鬼神而远之"。

我自己戴的这条手串儿，挺漂亮，挺心爱，今后注意保护就是了。至于要不要去庙里开个光，我想，下次再有人好心问我手串儿开过光没有，不便说什么信与不信，干脆我就说开过了。再要问是在哪个庙里开光的，那我只好说："我自己开的。"嘻嘻。

太监、宦官是一码事吗？

这个问题，是我翻看《明史》中的《宦官传》时想到的。书中《郑和传》中有一句："初事燕王于藩邸，从起兵有功，累擢太监。"我当时不自觉"咦"了一声。这句话的意思是说，郑和先是在燕王朱棣府中侍候朱棣，后来跟随朱棣起兵造反立下功劳，被提拔当了太监。再看后面，另一位太监侯显的传中也有一句："显以奉使劳，擢太监。"就是说侯显是因为奉命出使辛苦有功，被提拔为太监。我一直以为古时的太监就是指净了身进宫侍奉皇家主子的人。郑和、侯显这些人本来不就是太监吗？这些记载却说他们是先进了宫，后来有功才被皇上提拔当上太监的。书上写的应该不错，那么大概是自己对"太监"这个概念的认识出了问题。

我去翻词典、字典。先翻了手边的《新华字典》（上海辞书出版社一九七九年版）。"太监"条目的解释是："又称宦官。封建时代被阉割过的在帝王宫廷内服役的男子。"再翻《现代汉语词典》（商务印书馆一九九七年版），解释更简单，只有两个字："宦官。"对呀，这都和我原来的观点一样，太监就是宦官，宦官就是太监。

然后又翻《辞海》（上海辞书出版社一九七九年版）。这回不一样了，《辞海》"太监"一条的解释为："唐代设内侍省，其长官为监及少监，后来即作宦官之通称。明代在宦官所领的二十四衙门，各专设掌印太监等,专为在宫廷内侍奉皇帝及其家族。……清代相沿,太监成为宦官的专称,设总管太监等为首领,隶属于内务府,但权力削减。"这里讲清楚了,原来太监早先还真是一个官职的名称。唐代"监"是内侍部门首长的官名,明朝宫内设置的宦官衙门中,首长的官名叫太监,如掌印太监。到清代,像"总管太监"仍是高级官名,但在世俗称谓中则逐渐成为所有宦官的统称。

我索性又查了手边一部一九三六年中华书局出版的老《辞海》。"太监"一条的解释是:"官名。辽秘书、太府等监皆置太监及少监。元因之。明内官诸监有掌印太监、提督太监等,皆宦者任之,故世俗通称宦官为太监。"这里明确解释是"官名",强调了统称宦官为太监只是"世俗通称",即这个称呼具有非正式性。

把以上资料顺一顺可知,唐朝时只是"监"字进入了官职的名称系统,辽时才正式有了"太监"的官名,清朝后仍是官名,但逐渐又成了宦官的"世俗通称"。另外,《明史》《清史稿》的"职官志",有对宦官中"太监"这个官职的介绍,但确实都没有说宦官就是太监的。

这事挺令人感慨。老《辞海》出版时间较早,对"太监"一词的解释,还主要认定为"官名",强调通称宦官为太监只是世人俗称。到了七十年代,除了新《辞海》这样大部头工具书,人们常用的《新华字典》及《现代汉语词典》中对"太监"这个词历史本源的介绍则已经消失了,将之完全与宦官等同了。社会发展真快,语言变化也真快。我们日常认字用的大都是《新华字典》和《现代汉语词典》,难怪只知宦官就是太监,不知太监原是官职。可见有些事,即使你大半辈子都觉得没错,即使周围的人也都与你观点一致,也不一定就是正确的。

网上关于太监的资料很多。宦官还有大量的其他称谓,如寺人、奄（阉）人、宦者、中官、内官、内臣、内侍、内监、公公、伴伴等等。但我琢磨，要说正式的名称恐怕还是寺人、宦者这两个称呼。"寺"，在秦汉时有"朝廷内"的意思，"宦"字的组成，就是家门内的奴隶的形象。专家考证，先秦和西汉时期宦者们并非必须净身，自东汉开始，净身才成为准入的必要条件。而将宦者称为"阉人"，其中明显带有社会上对这些生理有缺陷的人群的歧视，也应是俗称。而称"宦官"，则是加上了一个官字，应该是宫外人们对这些皇帝身边人的一种尊称，或者说是高抬、巴结、讨好，也应该算俗称。

宦官，当然现代语言即太监，是中国古代社会极其残忍、不人道的一种社会现象。一方面，被迫净身，这在古代可是大不孝的耻辱，必然成为被世人歧视的卑贱者，天天忍辱负重。另一方面，宦官又是皇上的身边人，人微言却不轻，一旦得宠得势，在皇上耳边打小报告，再大的官员也害怕。所以朝中许多人见了宦官，又常要装出一脸的恭敬来讨好巴结。这种情况必然造成宦官们心理上、思想上和行为上的严重扭曲，要干起坏事来，那可真是常人难以企及的。比如秦朝那位"指鹿为马"的赵高，比如唐朝残杀异己的奸宦李辅国，宋朝手握军权的奸宦童贯。明朝最甚，出了王振、刘瑾、魏忠贤等一大群误国误民的奸宦。其中魏忠贤势力之大，已经形同党派，被称为"阉党"。清朝还有什么小德张、李莲英。这些人，用现代人的眼光看，真是又可怜、又可恨。

当然，历史上的宦官也有从正面做出重大贡献的，如汉朝的蔡伦，是造纸术的发明者，如明朝的三宝太监郑和，是世界级的外交家。据说世界历史上，除了中国，奥斯曼帝国时的土耳其和朝鲜也有宦官制度。人间的事就是这么奇怪。